Protect Me

Band 3

Ray Porter

Allie Kinsley

Bereits erschienen:
Fire&Ice 1 - Ryan Black
Fire&Ice 2- Tyler Moreno
Fire&Ice 3 - Shane Carter
Fire&Ice 4 - Dario Benson
Fire&Ice 5 - Brandon Hill
Fire&Ice 5.5 - Jack Dessen
Fire&Ice 6 - Chris Turner
Fire&Ice 6.5 - Gregor Zadow
Fire&Ice 7 – Logan Hunter
Fire&Ice 8 – Jonas Harper
Fire&Ice 9 – Luce Suarez
Fire&Ice 10 – Joey Parker
Fire&Ice 11 - Matthew Fox (Mai 2016)

Protect Me – Brian
Protect Me – Ash
Protect Me – Ray
Protect Me - Dante (Mitte 2016)

Sweet like Candy
Divided like Destiny

Yearn for Adam

Lektorat: doktor-lektor.com

Cover Foto: bigstockphoto.com,
ID : 27468854, Vasilchenko Nikita

1 WOHLTÄTIGKEITSBALL

RAY

"Ist dir klar, wie armselig du aussiehst, wenn du ihn die ganze Zeit so anstarrst?" Ray wollte nicht unfreundlich sein, aber er konnte es einfach nicht ertragen, wenn Lexy Brian von weitem anbetete.

Er hasste es genau genommen. Nachdem Brian mit Amy zusammengekommen war, hatte Ray gehofft, dass Lexy endlich damit aufhören würde.

Fehlanzeige.

Im Gegenteil. Jetzt hatte sie nicht nur Brian, den sie anschmachten konnte, sondern auch noch Amy, der sie böse Blicke zuwerfen konnte.

Es war zum Verrücktwerden! Wie konnte eine Frau nur so fixiert auf Brian sein?

Wahrscheinlich könnte Ray sogar nackt im Handstand vor ihr herlaufen und sie würde ihn nicht bemerken!

Es war, als wäre Ray Luft für sie, maximal ein guter Freund. Dabei wollte er mehr, so viel mehr.

Seit mehr als drei Jahren, in denen er jetzt für JB-Industrials arbeitete, versuchte er es jetzt schon auf jede erdenkliche Art.

Genau genommen hatte Ray sich nur auf diesen Job in der Security Abteilung eingelassen, weil er Brian Cruise, einen seiner besten Freunde, mit dieser scharfen Frau gesehen hatte.

Als sich herausgestellt hatte, wie viel mehr JB-Industrials als seine letzte Firma zahlte, war er endgültig von dem Job überzeugt gewesen.

Ein Haufen Kohle und Lexy. Besser hätte seine Welt nicht werden können … hätte Lexy ihm jemals auch nur einen einzigen Blick gegönnt.

Und bei Gott, er hätte alles dafür getan!

Erst hatte er versucht, ganz normal mit ihr zu flirten. Damit war er gegen eine Mauer gerannt.

Dann hatte er es mit einer offeneren, direkteren Art versucht. Lexy schien eher angeekelt.

In seiner Verzweiflung hatte er es sogar auf die freundschaftliche Schiene probiert.

Fehlanzeige.

Zu guter Letzt: der Tröster! Als Brian auf Nimmerwiedersehen mit Amy zur Wolke sieben aufgestiegen war.

Nichts.

Er war frustriert. Wirklich. Irgendwann bekam auch das größte Ego einen Kratzer.

Und dann kam dieser Abend. Aus irgendeinem hirnrissigen Grund hatte Ash ihn zu einer Schicht mit Lexy auf dem Wohltätigkeitsball von Cathrin Black eingeteilt. Seit den Anschlägen auf JB-Industrials wurden die Sicherheitsmaßnahmen bei allen Aktivitäten, an denen Mitarbeiter teilnahmen, extrem verstärkt.

Insgeheim dachte er an Folter. Ash war der Typ, der einen in solche Situationen warf, nur um sich hinter den Kulissen ins Fäustchen zu lachen.

Zwei Stunden lang war er tapfer gewesen, hatte sich das Brian-Schmacht-Schauspiel von Lexy ohne einen Kommentar angesehen.

Aber irgendwann war das Maß einfach voll!

"Halt die Klappe, Ray!", fauchte sie und sah ihn mit schmalen Augen an.

Gerne hätte er in diesem Moment behauptet, dass er sie dafür hasste, oder sie für ihn dadurch auch nur annähernd unattraktiv wurde … aber es wäre gelogen gewesen.

Wenn überhaupt möglich, sah sie sauer noch heißer aus.

Sie hatte ihr langes, blondes Haar streng zu einem Pferdeschwanz zurückgebunden.

Ihre sowieso schon katzenhaften Augen wirkten dadurch noch schärfer.

Ihre eigentlich vollen, rosa Lippen hatte sie zu einem schmalen Strich zusammengepresst, was ihre kleine Stupsnase ein wenig gerader aussehen ließ.

Sie stemmte die Hände in die Hüften und betonte damit ihre schmale Taille in dem perfekt geschnittenen, schwarzen Hosenanzug nur noch mehr.

Ebenso ihre vollen Brüste, die er nur zu gern einmal in den Händen gehabt hätte.

Ray hätte sie zu diesem Zeitpunkt in Ruhe lassen können … hätte, aber er hatte sowieso schon all seine Trümpfe auf den Tisch gelegt. Wenn er sie schon nicht haben konnte, so konnte er sich zumindest an ihrem Anblick erfreuen, wenn sie so herrlich wütend auf ihn war.

"Du machst dich zum Affen, Lexy. Brian und Amy sind glücklich, finde dich endlich damit ab."

Wäre es anatomisch möglich gewesen, so wäre ihr Rauch aus diesen winzigen Nasenlöchern gekrochen. Ihre kleinen Ohren wurden an den Spitzen rot, genauso wie die Haut über ihren hohen Wangenknochen.

"Such dir was zum Ficken, Ray, dann hörst du vielleicht auf, so zickig zu sein", zischte sie zurück und verschwand durch die Tür in den Flur.

Nun wurde auch er wütend. Der einzige verdammte Grund, warum er keine Frau hatte, war, dass dieses hüftschwingende, blonde Miststück nicht aus seinem Kopf verschwand.

Er folgte ihr mit großen Schritten, warf die Tür hinter sich zu und packte sie am Arm.

Mit einer schnellen Bewegung wirbelte er sie herum, presste sie an die Wand und drückte sich der Länge nach an sie.

Lexy keuchte auf und sah ihn mit großen Augen und leicht offen stehendem Mund an.

Er konnte nicht anders, als auf die vollen, feuchten Lippen zu starren.

"Vielleicht sollte ich einfach *dich* ficken, dann wären wir beide nicht mehr so zickig."

Er spürte ihren Atem auf seinen Lippen, das leicht schneller werdende Heben und Senken ihres Brustkorbs an seinem.

"Ray, ich …"

"Ray!", dröhnte Dario Bensons Stimme durch die Flure. Sein Chef war noch nicht in Hörweite, würde es aber jeden Moment sein, also löste er sich widerwillig von Lexy, strich seinen Anzug glatt und ging in die Richtung, aus der er Dario hatte rufen hören.

LEXY

Völlig außer Atem blieb sie noch einen Moment lang an die Wand gelehnt stehen.

Was zum Teufel war das bitte? Ich meine … das war Ray! Der Ray! Und bislang hatte sie Ray kaum als etwas anderes als einen Kollegen wahrgenommen.

Von Kollegen hielt sie sich eigentlich immer fern.

Es war sowieso schon schwierig, als Frau in diesem Beruf ernst genommen zu werden. Da konnte sie es sich bei Gott nicht leisten, dass einer von ihnen nur mit dem Schwanz an sie dachte.

Für Brian hatte sie eine Ausnahme gemacht. Sie hatten so lange zusammengearbeitet, er hatte sich ihr Vertrauen verdient.

Aber Ray? Ray war eindeutig der Typ Mann, der schwanzgesteuert war.

Rein optisch würde er durchaus in ihr Beuteschema fallen.

Er war fast einen Kopf größer als sie, obwohl sie schon einen Meter siebzig groß war. Er war breit gebaut und seine kurzen, blonden Locken standen Surfertyp-like von seinem Kopf ab.

Er war der Typ Sunnyboy, immer lächelnd und gut gelaunt, für jeden Spaß zu haben und man sah den Schalk in seinen strahlend blauen Augen aufblitzen.

Aber davon hatte sie eben nichts gesehen, im Gegenteil, seine Augen waren kalt und hart wie Stahl gewesen.

Nichts als Entschlossenheit und Begierde war darin gelegen.

Und ob sie es nun zugeben wollte oder nicht, das hatte sie ziemlich angemacht.

Lexy atmete noch einmal tief durch und schüttelte die Gedanken dann ab. Noch einmal würde sie nicht in die gleiche Falle tappen.

Brian hatte ihr das Herz gebrochen und sie hatte nicht vor, so schnell wieder mit jemandem ins Bett zu steigen.

Sie hatte aus ihrem Fehler gelernt. Auch bei Brian sollte es nichts anderes sein als eine simple Bettgeschichte, ohne Verpflichtungen und Gefühle.

Doch ihr Herz hatte ihr einen Strich durch die Rechnung gemacht.

Die Gefühle für ihn entwickelten sich schleichend. Nach dem ersten Mal hätte sie ihn einfach abschreiben können.

Dann hatte er sich wieder bei ihr gemeldet und sie hatten sich erneut getroffen. Danach hatte sie bereits auf eine Antwort von ihm gewartet.

Dieses Sehnen wurde von Treffen zu Treffen, von Sex zu Sex und von Nachricht zu Nachricht stärker. Die verdammten Gefühle für Brian kamen heimlich und von ganz allein, ohne dass sie darüber nachgedacht hatte.

Hätte sie damals gewusst, wie das Ganze enden würde, hätte sie niemals damit angefangen.

Doch zu jener Zeit war es einfach zu verführerisch gewesen.

Brian war smart, süß, offen und hatte sich Stück für Stück in ihren Kopf geschlichen, bis sie an nichts anderes mehr denken konnte, als ihn das nächste Mal zu sehen.

Sie hatte nicht damit gerechnet, dass es für ihn ganz anders war.

Ihn mit Amy zu sehen, war wie ein Schlag ins Gesicht gewesen. Die Erkenntnis, dass er es mit Amy ernst meinte, hatte ihr dann endgültig den Boden unter den Füßen weggezogen.

Die meiste Zeit kam sie mittlerweile gut damit zurecht. Aber die beiden den ganzen Abend vor ihrer Nase flirten zu sehen, hatte alte Wunden wieder aufgerissen.

Und dann war da Ray. Ray, der sie provozierte und dann einfach so vor ihr stand, um ihr zu sagen, dass er am besten *sie* ficken sollte, als wäre es das Natürlichste auf der Welt und eine ganz logische und einfache Schlussfolgerung.

Soll er doch … nein, soll er nicht! Verdammt!

Sie schüttelte den Kopf, um die Gedanken zu vertreiben.

Ray stand absolut nicht auf der Liste potenzieller Liebhaber!

Schnell ging sie zurück in den Saal, um diesen verdammten Abend hinter sich zu bringen.

2 FREUNDSCHAFTSDIENSTE

RAY

Am vergangenen Abend war er noch lange wach gelegen und hatte darüber nachgedacht, wie er es geschafft hatte, dass Lexy ihn endlich wahrgenommen hatte.

Sie hatten gestritten. Zwei erhitzte Gemüter, die ein Ventil brauchten.

Wenn es *das* war, was sie brauchte, würde er es ihr geben.

Er war extra früher zur Arbeit gegangen, um sich die Einteilungen anzusehen.

Vielleicht konnte er noch mit dem einen oder anderen Kollegen feilschen, sollte einer von ihnen mit Lexy arbeiten.

Ein Blick auf die Dienstpläne reichte. Dante Lopez. Leichtes Spiel. Dante war ein guter Freund von ihm und einer seiner liebsten Arbeitskollegen.

Bei Thomas, dem Korrekten, wäre es schwerer geworden, doch das Glück war ihm treu.

Er setzte sich in den Aufenthaltsraum und wählte Dantes Nummer.

"Ich hoffe, du hast einen guten Grund, jetzt schon anzurufen", knurrte Dante ins Telefon.

"Dir auch einen wunderschönen guten Morgen", gab er fröhlich zurück.

"Das ist ekelhaft."

"Du musst in 30 Minuten bei der Arbeit sein. Warum schläfst du noch?"

"Duschen, anziehen, zwei Minuten Fußweg. Was willst du?"

"Meinen Dienst mit dir tauschen."

"Ich weiß nicht, wozu ich eingeteilt bin." Langsam klang er wacher.

"Aber ich. Sonderfahrten mit diesen japanischen Investoren, die heute kommen."

Dante brummelte etwas, das sich nicht begeistert von der Vorstellung anhörte. Ray wäre auch nicht begeistert gewesen, wenn die Tour nicht zusammen mit Lexy geplant wäre.

Den Fremdenführer für irgendwelche versnobten Geschäftsleute zu spielen, war immer grauenhaft. Überfreundlich sein, arschkriechen und dauerlächeln. Furchtbar!

"Und du?"

"Bereitschaftsdienst."

Die Stille, die daraufhin folgte, war nicht ganz so gut. "Warum willst du tauschen?" Jetzt klang Dante schon viel zu wach. Diese Spürnase hätte Detektiv und nicht Personenschützer werden sollen!

Da es absolut keinen Sinn machte, Dante anzulügen, er würde die Wahrheit sowieso in wenigen Minuten herausbekommen, sagte er es gleich.

"Lexy."

Dante lachte. "Hast du es immer noch nicht kapiert? Sie ist nicht interessiert."

"Lass das mal meine Sorge sein", brummte Ray widerwillig.

"Okay. Unter einer Bedingung." Unter anderen Umständen hätte Dante sich die Finger nach diesem Tausch abgeschleckt, aber er wusste, dass da noch mehr rauszuholen war.

Elender Bastard!

"Und zwar?"

"Du holst mir Kaffee."

Ray runzelte die Stirn. Die Küche war nur zwei Türen weiter. "Klar."

"Den guten, von Tracy", präzisierte er.

Verdammt! Irgendwo musste ja ein Haken sein.

"Okay, wenn du dafür Dario anrufst."

"Und was soll ich ihm bitte sagen?"

"Schieb es auf dein Knie oder so. Sag, du hast Schmerzen und kannst nicht den ganzen Tag stehen."

Dante murmelte einen Fluch und legte auf. Das hieß dann wohl ja.

Er mochte es nicht besonders, auf seine Knieverletzung aus seiner Zeit bei der Marine angesprochen zu werden. Sie als Ausrede zu benutzen, mochte er noch weniger. Aber für einen Tag ohne Japaner würde Dante so ziemlich alles tun.

Seufzend machte Ray sich auf den Weg zu Tracy und überlegte dabei fieberhaft, wie er ihr einen Kaffee abschwatzen konnte.

Leider war sie gegen Charme absolut resistent.

LEXY

Sie hatte sich die halbe Nacht wach von rechts nach links gerollt, und als sie schließlich eingeschlafen war, wurde sie von wirren Träumen über Brian … und Ray verfolgt.

Lexy strich sich eine ihrer blonden Strähnen hinters Ohr, die immer wieder aus ihrem akkuraten Pferdeschwanz entwischte, und beugte sich über die Auftragsliste.

Sie blätterte die Auftragsmappe zweimal durch, fand ihren Namen aber nicht.

Entnervt klappte sie die Mappe zu, als Dario hereinkam.

"Guten Morgen, Lexy. Hier dein Auftrag, ich musste deinen Partner noch mal ändern, sorry", sagte er, ohne zu lächeln.

Der Iceman hatte nicht umsonst seinen Namen bekommen. Obwohl Dario in den letzten Jahren ein wenig freundlicher geworden war.

Lexy musste ein frustriertes Stöhnen unterdrücken, als sie las, dass sie den ganzen Tag mit Ray verbringen würde. So würde sie ihn niemals aus ihrem Kopf bekommen!

Sie wusste sofort, dass Ray es war, der hinter sie trat und über ihre Schulter spähte. Ihre Nackenhärchen stellten sich wie auf Kommando auf und Gänsehaut bildete sich auf ihren Armen.

"Guten Morgen, Zicke. Ich sehe, wir haben einen ganzen Tag zusammen", sagte er, viel zu gut gelaunt, direkt an ihrem Ohr.

Sein heißer Atem streifte über ihre Haut und ließ sie völlig erstarren.

"Ich weiß nicht, was daran gut sein soll."

Er lachte rau und griff um sie herum nach dem Blatt mit den Auftragsdetails. Seine Brust drückte sich dabei gegen ihren Rücken und er bemühte sich eindeutig nicht darum, seine Hüften von ihrem Hintern fernzuhalten.

Schnell machte sie einen Schritt zur Seite und wollte in die Küche flüchten, stoppte aber dann, als sie Dantes Blick begegnete.

Er grinste verdächtig wissend, was Lexy wütend machte.

Woher zum Teufel wusste er schon wieder … ja was eigentlich?

Sie wusste ja selbst nicht, was vor sich ging.

Und Dante? Der schien wie immer völlig im Bilde zu sein und genoss es sichtlich.

"Guten Morgen, ihr Turteltäubchen." Lexy zuckte zusammen. Er konnte nichts wissen und gestern im Flur hatte sie niemand gesehen. Da war nichts … außer Ray hatte mit ihm gesprochen.

Aber auch da war nichts gewesen, außer einem winzig kleinen Moment, wenige Sekunden, in denen sie sich beinahe geküsst hätten.

Sie schüttelte den Gedanken ab und ging kommentarlos weiter zur Tür.

"Wo ist mein Kaffee, Ray?" Als dieser mit der Hand auf einen Thermobecher neben der Telefonanlage zeigte, wurden Lexys Augen schmal. Das Ganze roch verdächtig nach einem Deal zwischen den beiden.

Was auch immer Ray vorhatte, sie würde es ihm heute schon austreiben. Sie reckte das Kinn nach oben und verließ den Raum, ohne einen weiteren Blick zurück.

RAY

"Willst du fahren?", fragte Ray, als sie auf den schwarzen Mercedes Viano zugingen.

"Nein."

Ray runzelte die Stirn. Kein Lächeln, kein Danke, nichts?

"Zicke."

"Nenn mich nicht immer so", fauchte sie zurück und ihre Augen blitzten ihn wütend an.

"Dann zick nicht so rum", gab er ungerührt zurück.

"Was hast du zu Dante gesagt?"

Woher wusste sie, dass er mit Dante gesprochen hatte?

"Nichts." Sie waren bereits am Auto angekommen.

Lexy drehte sich zu ihm um und zeigte mit dem Finger auf ihn. "Lügner."

Schnell machte er zwei Schritte vorwärts und drängte sie gegen das Fahrzeug. Er stützte seine Hände rechts und links von ihr am Fahrzeugdach ab und sah auf sie hinunter.

"Vielleicht hat er einfach nur Augen im Kopf."

Ihre Augen verengten sich. "Dann kann er nichts weiter sehen, als dass du mir ständig auf die Pelle rückst!" Ihr kleiner, perfekt manikürter Fingernagel stach mit jedem Wort in seine Brust.

Die Vorstellung, wie sie mit eben diesem Nagel über seinen Rücken kratzte, erregte ihn. Ray drückte sich noch enger an sie, ließ sie spüren, wie sehr sie ihn anmachte.

Ihr Atem ging schneller und ihre Augenlider senkten sich ein wenig.

Oh nein, sie war ganz und gar nicht unbeteiligt an diesem Spielchen.

"Mhm …", war alles, was er herausbrachte.

Er wünschte sich nichts mehr, als sie endlich zu küssen.

Ihre Lippen standen wieder ein Stückchen offen und sahen so herrlich weich aus.

"Ray … wir sollten …"

"Endlich vögeln", vollendete er ihren Satz.

"Arbeiten", sagte sie, schloss ihre Augen und atmete einmal tief durch. Dann wiederholte sie: "Wir sollten arbeiten."

Sie legte ihre Hände auf seine Brust und schob ihn sehr sanft von sich. Dann stieg sie in den Wagen und schloss die Tür leise hinter sich.

Er brauchte noch einen Moment, atmete mehrmals tief durch und rückte seinen steifen Schwanz in der Hose zurecht, ehe er um den Wagen herumging und hinter dem Steuer platznahm.

Lexy sah ihn nicht an und irgendwie hatte er das Gefühl, dass hinter dieser gleichgültigen Fassade, die sie gerade zur Schau trug, ein ganz schöner Sturm vor sich ging.

Also entschied er sich, lieber nichts zu sagen und sie ein paar Minuten in Ruhe zu lassen. Nicht zu lang. Er wollte auf keinen Fall, dass sie sich wieder ganz dahinter verschanzte, aber zumindest so lange, dass sie sich ein klein wenig sammeln konnte … und er auch.

Ray begehrte sie so sehr, dass es ihm den Verstand raubte, und jetzt, da er endlich zu ihr durchdrang, musste er seine sieben Sinne zusammen halten.

Er musste sich konzentrieren und seine nächsten Schritte planen … und arbeiten. Ein Haufen Japaner wollte aus dem Hotel abgeholt werden.

Also lenkte er den Mercedes Kleinbus aus der Tiefgarage und steuerte ihn durch den dichten Bostoner Verkehr zu dem Hotel, das auf seinen Auftragspapieren stand.

3 EIN GANZER TAG

LEXY

Langsam brachte er sie wirklich um den Verstand. Sie waren nun schon einen halben Tag mit den Japanern unterwegs, fuhren sie zu Bauplätzen und Anschauungsobjekten.

Ray nutzte jede verdammte Gelegenheit, um ihr zu nahe zu kommen. Ständig berührte er sie, drängte sich nah an ihr vorbei oder lächelte sie auf diese Art an, die eindeutig ganz hervorragenden Sex versprach. Es machte sie verrückt. Wirklich! Sie wollte nicht so auf ihn anspringen.

Egal wie verdammt lang sie schon keinen Sex mehr gehabt hatte, und egal wie sehr er sie anmachte, Ray stand einfach nicht zur Debatte.

Auch in diesem Moment spürte sie wieder seinen Blick in ihrem Rücken.

Sie ging voraus, führte die Japaner zum Besprechungsraum von Matthew Fox, dem Anwalt, mit dem Ryan Black, der Eigentümer von JB-Industrials, bevorzugt zusammenarbeitete.

Neben ihr her trippelte eine kleine, zierliche Frau, Mr. Fox' momentane Sekretärin. Sie sah sichtlich abgekämpft aus, und so oft, wie die Sekretärinnen hier wechselten, konnte Lexy sich vorstellen, dass es an ihrem Chef lag.

Nachdem alle Personen den Besprechungsraum betreten hatten, positionierten sich Ray und Lexy neben der Tür.

Sie ging einen Schritt zur Seite, als er sich so dicht neben sie stellte, dass ihre Schultern sich berührten. Aber er rückte einfach auf.

"Lass das!"

Er drehte sich blitzschnell, und presste sie mit seinem Körper wieder einmal an die Wand. "Na, na, Zicke, darüber waren wir doch schon hinaus."

Sie hasste seine Worte, aber sie liebte das Gefühl, das sein Körper so dicht an ihren gepresst in ihr auslöste. Es fühlte sich einfach verdammt gut an. Jeder verdammte Zentimeter dieses verdammten Kerls!

"Lass mich in Ruhe, Ray!" Sie wollte es ihm nicht zeigen. Wollte und konnte nicht schon wieder sehenden Auges in so einen Schlamassel geraten.

"Ich glaube nicht. Ich glaube, du willst das auch nicht." Sein Blick senkte sich auf ihre Lippen. Sie wollte es nicht … oder sollte es nicht wollen, aber die Spannung, die sich seit dem letzten Abend zwischen ihnen aufgebaut hatte, war kaum zu ertragen.

"Ich glaube … ich werde etwas ausprobieren", murmelte er, während er seine Lippen ganz langsam auf ihre senkte. Kurz bevor sie sich berührten, hielt er erneut inne.

Lexy war wie erstarrt. Gefangen zwischen dem Wunsch, endlich wissen zu wollen, wie es sein würde, und dem Wissen, dass *das*, was sie da taten, alles andere als richtig war.

Ein winziges Lächeln spielte um seine Augen. "Du wirst es mir nicht leicht machen, oder?"

Ray wartete ihre Antwort nicht ab, überbrückte den kleinen Abstand und presste seine Lippen auf ihre.

Sie waren weich und zärtlich. Er küsste sie, als würde er jeden Millimeter ihrer Lippen erforschen wollen. Dann fuhr er langsam mit seiner Zunge über ihren Mund, während er sich noch enger an sie drückte.

Es fühlte sich so gut an. Er begehrte sie. Er wollte sie, zumindest für den Moment. Lexys angeschlagenes Ego sonnte sich schon den ganzen Tag in seiner Aufmerksamkeit, auch wenn ihr Kopf die ganze Zeit vehement dagegen protestierte. Sie konnte nicht anders, musste diesen Kuss einfach erwidern.

Als sie den Mund öffnete und mit ihrer Zunge über seine strich, stöhnte er leise auf. Er presste seinen Unterleib gegen ihren und sie konnte eindeutig spüren, wie sehr er sie wollte.

Zögerlich hob Lexy die Hände, strich über seine breite, harte Brust, während ihr Kuss drängender wurde.

Ein Kuss, der sie vergessen ließ, wo sie waren, was richtig und was falsch war.

Viel zu schnell löste er seine Lippen von ihren. Sie hörte seinen keuchenden Atem, als er die Stirn neben ihrem Kopf an die Wand lehnte.

Erst da wurde ihr bewusst, wie heftig ihr eigener ging … und das, obwohl sie sich vor dem Besprechungsraum befanden, in dem ihr Chef in diesem Moment ein Meeting abhielt.

"Das ist nicht gut", murmelte sie.

"Oh doch. Das war verdammt gut", gab er zurück, lehnte sich ein Stück nach hinten und sah ihr in die Augen.

"Was machst du heute Abend?", fragte er dann und strich mit seinem Daumen über ihre Unterlippe.

Die Berührung und sein Blick brachten sie völlig aus dem Konzept.

"Nichts also, das ist gut. Dann hole ich dich um acht ab", sagte er, als sie nicht antwortete.

"Nein."

Sie würde bei Gott nicht mit einem ihrer Arbeitskollegen ausgehen.

"Nein?"

"Nein. Ich date meine Kollegen nicht."

Seine Miene verfinsterte sich ein wenig. "Aber vögeln ist okay?"

Sie könnte es abstreiten. Aber Ray wusste, dass sie mit Brian im Bett war, und bei Gott sie selbst wusste, dass sie mit Ray ins Bett wollte.

Das läuft nur wieder aufs Gleiche hinaus!, schalt sie sich selbst.

Wobei sie sich in Brian auf den ersten Blick ein klein wenig verschossen hatte.

Ray hingegen … tja, Ray war irgendwann einfach da gewesen, als sie nur Augen für Brian gehabt hatte. Was sollte dieses Mal also schiefgehen?

Als sie nicht antwortete, drückte er ihr Kinn nach oben und küsste sie noch einmal, bis sie weiche Knie bekam.

Verdammt. Dieser Mann wusste wirklich, was er mit seinem Mund anstellte.

"Du willst es, Lexy", brummte er und drückte seinen Schwanz gegen sie. Sie konnte ein Aufstöhnen gerade noch unterdrücken.

"Ja."

"Also um acht?"

"Bei mir", lenkte sie ein. Sie würde sich nehmen, wonach ihr Körper so verzweifelt verlangte, und ihre Gefühle völlig außen vor lassen.

Mehr nicht. Einfach nur ein Pflaster für ihr angekratztes Ego.

Diesmal war er es, der nicht antwortete, also sah sie zu ihm auf.

Er musterte sie, als versuche er eine Antwort in ihrem Gesicht zu finden. Schließlich nickte er, küsste sie noch einmal federleicht auf die Lippen und ging dann in Richtung der Toiletten davon.

Sie war ihm dankbar dafür, denn sie brauchte selbst ein paar Minuten für sich, um wieder zur Ruhe zu kommen.

Reiß dich zusammen, Lexy! Du hast hier einen Job zu erledigen!

Gar nicht so leicht, wenn sie doch am liebsten nichts anderes tun würde, als ihm zu folgen und sich hier und jetzt von ihm vögeln zu lassen.

RAY

Ganz zufrieden war er mit dem Ergebnis zwar nicht, aber ein Kuss und eine Einladung in ihr Bett waren besser als alles, was er bislang von ihr bekommen hatte.

Stück für Stück würde er sie dazu bewegen, mehr zuzulassen. Das war der neue Plan, den er geschmiedet hatte, während er sich Unmengen kaltes Wasser ins Gesicht gespritzt hatte.

Als er zurück in den Flur kam, schenkte Lexy ihm zum ersten Mal an diesem Tag von sich aus ihre Aufmerksamkeit und lächelte ihm äußerst vielversprechend entgegen.

Da er wusste, dass er seine Finger nicht bei sich behalten konnte, wenn er ihr zu nahe kam, lehnte er sich ihr gegenüber an die Wand.

Die Spannung zwischen ihnen war mit Händen greifbar und er war mehr als nur froh, dass wenige Minuten später die Tür zum Besprechungsraum aufging.

Mr. Black, gefolgt von den Japanern, und Mr. Fox verließen den Raum in Richtung Ausgang.

Lexy und er schlossen sich ihnen an und ehe er sich zurückhalten konnte, strich er mit seiner Hand über ihren Rücken.

Sie verspannte sich sofort und warf ihm einen warnenden Blick zu.

"Kaffee, Laura!", befahlt Mr. Fox im Vorbeigehen.

Die Sekretärin sprang sofort auf, murmelte aber, als er außer Hörweite war: "Ich heiße Erin."

Sie tat ihm ein wenig leid und er war beinahe froh um Ash, den Iceman Benson und Mr. Moreno als Führungsteam.

Der Nachmittag verging beinahe quälend langsam. Lexy dauernd vor Augen zu haben, zu wissen, dass sie heute Abend in ihrem Bett liegen würden und sie trotzdem kaum berühren zu können, machte ihn verrückt.

Dauernd schwang dieser perfekte, runde Apfelpo vor seiner Nase hin und her. Er müsste nur die Hände ausstrecken und …

Nein, nein, nein! Hör sofort auf damit!

Er lenkte seine Aufmerksamkeit wieder auf die Umgebung des Baugrundstücks, das die Japaner zusammen mit Mr. Black und Jason, dem Leiter der Immobilienabteilung, soeben besichtigten.

"Was ist bei euch los?", fragte Thomas leise, der neben ihn getreten war.

"Bei wem?"

"Dir und Lexy. Du beobachtest sie wie ein Jagdhund!"

Er konnte sich gerade noch beherrschen nicht zusammenzuzucken.

"Alles okay. Ihr war nur vorhin nicht gut."

Thomas nickte verständnisvoll. Er hatte immer Verständnis für alles und jeden. Außer für Nina Moreno, die Frau ihres Chefs. Die beiden waren wie Katz und Maus.

"Gut. Das wäre es für heute. Ray, Lexy, unsere Gäste können zurück ins Hotel. Thomas, zu JB, bitte." Mr. Black sprach, während er schon auf dem Weg zum Auto war.

Lexy und Ray brachten die Gäste zurück zum Hotel, dann fuhren sie zu JB-Industrials und gaben den Wagen zurück.

"Ihr könnt dann Schluss machen", sagte Ash, ohne von seinen Papieren aufzusehen.

Ray begleitete Lexy noch zu ihrem roten Honda Civic und küsste sie leicht auf die Wange.

"Bis später", murmelte er.

Es war schwer für ihn, sie einfach stehenzulassen und zu seinem eigenen Wagen zu gehen. Allein die Aussicht, dass er sie in knapp zwei Stunden wiedersehen würde, war es, die es ihm möglich machte.

Nach Hause, duschen und rasieren, anziehen, zu ihr. Guter Plan!, motivierte er sich selbst und zwang sich, in sein Auto zu steigen und aus der Tiefgarage zu fahren, ohne einen weiteren Blick in ihre Richtung.

4 MIT DIR …

LEXY

Unerklärlicher Weise war sie nervös, als die Zeiger ihrer großen Bahnhofswanduhr sich immer weiter Richtung acht Uhr bewegten.

Sie sah sich noch einmal in ihrem Wohnzimmer um. Alles ordentlich. Die braunen, weichen Kissen auf dem beigen Sofa lagen perfekt. Aus dem Fernseher gegenüber des Sofas kamen die sanften Klänge von Maroon 5 und der kleine Glastisch dazwischen war ordentlich aufgeräumt.

Sie entschied sich, die Jalousien vor der großen Fensterfront zu schließen, um das schwächer werdende Licht noch ein wenig zu dämpfen.

Dann klingelte es.

Tief durchatmend drückte sie den Summer und öffnete dann die Wohnungstür.

Ray kam mit einem entspannten Lächeln auf den Lippen und in lässiger Haltung die Treppen nach oben.

Er sah gut aus. Seine ausgeblichene Jeans hing tief auf seinen Hüften und das weiße Shirt schmiegte sich eng an seinen Körper.

Die blonden Locken standen wie immer wirr von seinem Kopf ab, als wäre er gerade erst aus dem Bett gestiegen.

"Hey Lexy", sagte er, als er vor ihr zum Stehen kam.

Er legte ihr eine Hand auf die Hüfte und beugte sich zu ihr, um sie auf den Mundwinkel zu küssen.

Es fühlte sich gut an. Und zu wissen, dass sie gleich noch mehr davon bekommen würde, fühlte sich sogar noch besser an.

"Hey, komm rein", gab sie lächelnd zurück und trat dann beiseite.

Ray ging an ihr vorbei und sah sich neugierig um. "Hier wohnst du also."

Lexy schloss die Tür und ging zu der im Wohnzimmer integrierten Küchenzeile auf der linken Seite des Raumes.

"Ja, sieht so aus. Willst du was trinken?", fragte sie, während sie schon ein Glas aus einem der weißen, glänzenden Küchenschränke nahm.

"Coke?"

Lexy nickte, nahm eine Flasche Cola aus dem Kühlschrank und goss ihm ein Glas davon ein.

Sie spürte, wie er dicht hinter sie trat, und ein wohliger Schauer lief über ihren Rücken, als er sie auf den Nacken küsste.

"Alles ein bisschen steif, oder?", murmelte er und küsste sie dann direkt unter ihrem Ohr.

Leise lachte sie auf. "Das hoffe ich, sonst haben wir ein Problem."

Als auch Ray lachte, entspannte sie sich ein wenig. Sie drehte sich zu ihm um.

"Hier", sagte sie, reichte ihm die Coke und lehnte sich an die schwarze Arbeitsplatte.

"Danke." Seine Lippen legten sich an den Rand des Glases, er schluckte und sein Adamsapfel hüpfte dabei verführerisch.

Dann stellte er das Glas beiseite, stützte sich rechts und links von ihr auf der Ablage ab und lehnte sich näher zu ihr.

"So Miss Ich-date-keine-Kollegen. Irgendwelche Pläne für heute Abend?"

Lexy lächelte. "Für den Anfang würde ich einen Kuss ganz gut finden."

Er beugte sich näher zu ihr, bis seine Lippen nur noch Millimeter von ihren entfernt waren.

"Würdest du das?"

Seine raue Stimme ließ es ihr heiß und kalt den Rücken hinunterlaufen. Zu mehr als einem Nicken war sie nicht fähig.

"Hier?", fragte er und küsste sie auf die Wange.

"Nein."

"Hier?"

Er küsste sie auf den Übergang zwischen Hals und Schulter. Gänsehaut breitete sich auf ihren nackten Armen aus.

"Nein."

Seine Lippen wanderten weiter zu ihrem Brustbein. "Hier?"

"Nein." Wobei ihr die Vorstellung seines Mundes auf ihrer Brust wirklich einheizte. Sie spürte, wie sich ihre Brustwarzen unter dem dünnen Stoff des trägerlosen, gelben Sommerkleides aufrichteten.

Eine seiner Hände wanderte zu ihrer Hüfte. Sein Daumen streichelte sie durch das Kleid hindurch.

Von seinen Berührungen abgelenkt hatte sie nicht bemerkt, wie sich sein Kopf weiterbewegt hatte, bis er eine der harten Brustwarzen samt Kleid zwischen seine Lippen nahm.

Überrascht und eindeutig erregt stöhnte sie auf, während er an ihrem Nippel saugte und zog.

Seine Hände wanderten an den Außenseiten ihrer Oberschenkel nach oben, schoben sich unter das kurze Kleid bis hinauf zu ihrem nackten Hintern.

Automatisch griffen ihre Hände nach seinen breiten Schultern, suchten nach Halt, wollten ihn gleichzeitig von sich stoßen und zu sich ziehen.

Er knetete ihren Po, während seine Lippen zu ihrer zweiten Brust wanderten.

Es fühlte sich verdammt gut an, aber sie wollte ihn küssen, wollte ihn noch einmal so spüren, wie an diesem Nachmittag.

Sie griff nach seinen Haaren, zog seinen Kopf zurück und presste ihre Lippen auf seine.

Er öffnete seinen Mund sofort und kam ihr mit der Zunge entgegen.

Ihr Kuss war leidenschaftlich und ungezügelt. Wie ausgehungert pressten sie sich aneinander. Sein harter Schwanz war deutlich durch die Jeans zu spüren und erregte sie nur noch mehr.

Ray schob ihr Kleid über ihre Hüfte nach oben und hob sie dann auf die Arbeitsplatte. Er drängte sich zwischen ihre Beine, während Lexy ihm das Shirt über den Kopf zog.

"So war das nicht geplant", raunte er. Seine Lippen wanderten über ihren Hals, er leckte darüber und zwickte sie immer wieder mit seinen Zähnen in die empfindliche Stelle in ihrem Nacken.

Den Kopf gegen einen der Küchenoberschränke gelehnt, schloss sie die Augen und stöhnte leise, als seine Hände ihre Brüste befreiten und sanft massierten.

Ihre Hände wanderten über seine breite, definierte Brust nach unten, bis sie auf seinen Gürtel stieß. Mit geschickten Fingern öffnete sie den Verschluss und seine Jeans, dann schob sie ihre Hand vorne in die Shorts und umfasste seinen Schwanz.

"Fuck, Lexy … warte …"

Aber sie wollte nicht mehr warten. Sie wollte ihn in sich spüren. Jetzt.

"Nein", murmelte sie und verstärkte den Griff. Ray stöhnte wieder, zog sein Portemonnaie aus seiner Hosentasche und warf es neben sie auf die Ablage. Dann schob er sich Hose und Shorts über die Hüften nach unten.

Er schob seine Hand zwischen ihre Beine und brummte leise, als er ihre Nässe durch den Stoff des Strings spürte.

"So nass …" Seine Augen waren auf das kleine bisschen Stoff gerichtet, das sie noch trennte, dann schob er zwei seiner kräftigen Finger daran vorbei und in sie hinein.

Alles in ihr zog sich sofort fest um seine Finger zusammen. Es fühlte sich unglaublich gut an und war doch zu wenig.

Mit festem Griff rieb sie seinen Schwanz, bis er stöhnend nach ihrem Handgelenk griff und sie aufhielt.

Wimmernd lehnte sie sich gegen den Schrank hinter ihr, als er ihr seine Finger entzog, um sich das Kondom aus seinem Geldbeutel überzuziehen.

Dann packte er sie an ihren Hüften, zog sie bis zur Kante der Arbeitsplatte und drückte die Spitze seines Schwanzes langsam in sie.

"Gott … Baby … ahh", stöhnte er, während er sich Stück für Stück tiefer in sie drängte.

Der leichte Dehnungsschmerz ließ sie aufstöhnen.

Sie bog sich ihm entgegen, brauchte mehr von ihm.

Er zog sich ein Stück zurück, um dann schnell und kräftig erneut in sie zu stoßen.

Wieder und wieder, bis sie ihn vollkommen in sich aufgenommen hatte.

Keuchend sahen sie sich in die Augen. Der Anblick seines schnell auf und ab gehenden Brustkorbs turnte sie unglaublich an.

Sie hob ihre Beine an seinen Seiten entlang und legte sie dann über seine Ellenbeugen, was ihn noch ein klein wenig tiefer in sie rutschen ließ.

Sein Kopf fiel in den Nacken, dann begann er sich mit immer schneller werdenden Stößen in ihr zu bewegen.

Der beinahe schmerzhaft feste Griff um ihre Hüften löste sich. Er schob eine Hand in ihren Nacken und drückte fest zu, die andere schob er zwischen ihre Körper und begann ihre Klit in harten Kreisen zu massieren.

Lexy keuchte bei jeder seiner Bewegungen, spürte, wie ihr Orgasmus unmittelbar auf sie zurollte. Er zog sie näher zu sich und küsste sie hart auf den Mund, nahm sich, was er wollte, ohne auch nur eine Sekunde zu zögern.

Seine Stöße wurden noch härter. Ihr Körper verkrampfte sich und ihr Orgasmus zuckte unkontrolliert durch ihren Körper. In ihren Mund stöhnend folgte Ray ihr, während er sich fest in sie presste und dann entkräftet gegen sie sank.

Sie keuchte bei jedem Zucken ihrer inneren Muskeln erneut.

Ob es Sekunden, oder Minuten, oder Stunden waren, die sie so aneinander gelehnt warteten, bis sich ihr Atem beruhigt hatte, konnte sie beim besten Willen nicht sagen.

Zeit war in diesem Moment völlig bedeutungslos.

"Das war … wow."

"Mhm", murmelte sie. Allerdings. So wow, dass es ihr geradezu die Sprache verschlagen hatte.

Er zog sich langsam aus ihr zurück, während sie noch nicht einmal dazu in der Lage war, ihren Kopf vom Schrank zu heben.

"Ich muss kurz ins Bad."

"Erste Tür rechts im Flur."

Als sie die sich entfernenden Schritte hörte, richtete sie sich mühsam auf.

Sie rutschte von der Arbeitsplatte, zog ihr Kleid wieder an Ort und Stelle und band sich den Pferdeschwanz neu.

Ray kam zurück und lächelte sie breit und spitzbübisch an.

Sie erwiderte sein Lächeln. Es hatte sich definitiv gelohnt ihn einzuladen.

Dann hielt sie ihm sein Shirt und das Portemonnaie entgegen.

"Können wir bei Gelegenheit wiederholen", fügte sie dieser stummen Aufforderung hinzu, da er sie nur mit großen Augen anstarrte.

Dann schüttelte er lächelnd den Kopf. "Liebe Sexy-Lexy, ich komme mir ein wenig ausgenutzt vor. Du könntest mich wenigstens noch zum Abendessen einladen."

Sie lachte. "Ja klar, Porter. Bis morgen, du armes, gekränktes Wesen."

Er zog sich das Shirt über, steckte sich den Geldbeutel in die Gesäßtasche und kam zu ihr.

Wie schon zur Begrüßung küsste er sie flüchtig auf den Mundwinkel und verschwand dann pfeifend aus ihrer Wohnung.

Spinner!

RAY

Sein Lächeln hielt genau so lange, bis die Haustür hinter ihm ins Schloss gefallen war.

Verdammte Scheiße!

Nach diesem atemberaubendem Sex hätte er niemals erwartet, dass sie ihn einfach so vor die Tür setzen würde. Im Gegenteil, es hatte sogar einen Augenblick gedauert, bis er verstanden hatte, dass sie es ernst meinte.

In diesem Moment hätte er nichts lieber getan, als ihr diese Flausen auszutreiben, aber seine innere Stimme hatte ihn gewarnt.

Hätte er sie unter Druck gesetzt, wäre er nie wieder durch diese Tür gekommen.

Also hatte er beschlossen, sie das nächste Mal bis

in ihr Bett zu zerren und dann einfach nicht wieder aufzustehen.

Allein die Vorstellung ihres verdutzten Gesichtsausdrucks hatte gereicht, um das notwenige Lächeln auf sein Gesicht zu zaubern.

Sie wusste es noch nicht, aber er würde sie für sich erobern. Wäre sie nicht so stur, wäre es jetzt schon beschlossene Sache.

So musste er eben ein wenig mehr arbeiten.

Aber Lexy war es definitiv wert. Diese Frau zog ihm einfach den Boden unter den Füßen weg. Es hatte drei Jahre gedauert, sie endlich zu diesem Punkt zu bekommen und er würde, wenn es denn sein musste, drei weitere Jahre kämpfen, wenn sie dann ihm gehören würde.

Lächelnd stieg er in seinen Wagen. Er hatte sich noch nie so sehr darauf gefreut, am nächsten Tag wieder zur Arbeit zu gehen!

5 DAS WIRD SCHON!

RAY

"Du siehst nahezu unerträglich glücklich aus!", sagte Dante, als Ray den Gemeinschaftsraum betrat.

"Ich bin ein sehr glücklicher Mann, Dante."

Lächelnd schüttelte Dante den Kopf. "Du hast sie also rumgekriegt. Und nein, ich will keine Einzelheiten."

"Hättest du so oder so nicht bekommen." Ray ging zu der Mappe mit den Aufträgen.

"Du könntest schon mal in die andere Richtung gehen und mir von Tracy einen Kaffee besorgen", schlug Dante vor und verschränkte die Hände hinter dem Kopf. Seine Beine hatte er weit von sich gestreckt.

Ray musterte ihn genau, wie er dort breit grinsend auf dem Stuhl herumlungerte.

"Warum sollte ich das und warum hast du um diese Uhrzeit überhaupt so gute Laune?"

"Auf beides passt dieselbe Antwort: Weil ich die Pläne bereits angesehen habe und mir sicher bin, dass du tauschen willst."

Blind griff er nach der Mappe und spähte dann hinein.

Hinter seinem Namen stand Bereitschaftsdienst, hinter Dantes PS, das Kürzel für Personenschutz, und die Auftragsnummer 1783.

Schnell blätterte er um und sah, dass hinter Lexys Namen ebenfalls PS-AN1783 stand.

Verdammt!

"Warum wirst du immer mit ihr eingeteilt?", brummte er und starrte unwillig auf das Blatt.

"Weil Lexy und du euch auf dem Ball fast an die Gurgel gegangen seid", gab Ash zurück, der gerade den Raum betrat und finster zwischen den beiden hin und her sah.

"Wir haben das geklärt und Dante kann noch nicht so viel laufen. Sein Knie macht ihm noch zu schaffen", sagte Ray und wischte Dantes breites Grinsen damit zielsicher aus dessen Gesicht.

Ashs Augen verengten sich. "Dann hoffe ich doch sehr, dass Dantes Knie sich übers Wochenende wieder erholt. Sonst müssen wir das noch mal durchchecken lassen."

Er drehte sich um und verließ den Raum. Im Gehen sagte er noch: "Pass gut auf, was du da treibst, Ray. Wir können uns keine Probleme zwischen dir und Lexy erlauben. Ich lasse Dario die Pläne für heute ändern."

Dann fiel die Tür hinter ihm ins Schloss.

"Kaffee! Jetzt!"

Ray machte sich eilig auf den Weg zu Tracy. Dante schien ein klein wenig sauer auf ihn zu sein.

Zwei Stufen auf einmal nehmend hastete er in Tracys Büro.

"Einen wunderschönen guten Morgen, Tracy!"

Tracy hob den Kopf von ihren Aufzeichnungen und zog eine Augenbraue nach oben, als sie ihn über den Rand ihrer Lesebrille hinweg ansah.

Sie war vielleicht Anfang 30, aber die Art, wie sie sich kleidete und verhielt, ließ sie eher wie Ende 50 wirken: die blonden Haare streng zurückgebunden in einem Dutt, das immer gleiche graue Jackett mit passendem, knapp über den Knien endenden Bleistiftrock. Sie trug schwarze Strümpfe und Schuhe, die zwar bequem, aber nicht sexy aussahen.

Dabei könnte sie das durchaus. Gesicht und Körper waren klasse … aber so …

"Ray?", fragte sie auf diese unterkühlte Art und Weise, die ihr eigen war.

"Ich habe mich gefragt, was ich tun muss, um noch einmal einen deiner einmaligen Kaffees zu bekommen."

"Die Wahrheit wäre gut", antwortete sie, lehnte sich zurück und tippte mit dem Stift auf die Unterlagen.

"Die Wahrheit worüber?"

"Da du kein Kaffeefeinschmecker bist, würdest du nicht freiwillig zwei Tage am Stück zu mir kommen und mich damit verärgern, mir meine Zeit zu stehlen. Also wen bestichst du damit und warum?"

"Äh …" Fieberhaft suchte Ray nach einer Ausrede.

Sie kniff die Augen zusammen und murmelte etwas das wie "Nein … nein, passt auch nicht … nein … niemals …" klang und sah ihn dann anklagend an. Dann deute sie mit dem Stift auf ihn. "Lopez, dieser Rumtreiber, soll sich seinen Kaffee selbst besorgen und Lexy sollte dir lieber nicht so sehr zu Kopf steigen, dass Mr. Moreno etwas davon mitbekommt."

Ray wurde von Wort zu Wort kleiner und ging vorsichtshalber langsam rückwärts.

"Und jetzt raus hier. Ich muss arbeiten!"

LEXY

"Diese verklemmte Zicke!", maulte Dante gerade, als Lexy den Gemeinschaftsraum betrat.

"Wer?", fragte sie und lächelte Ray automatisch an, als dieser sie angrinste.

"Tracy", brummte Dante und deutete auf Ray. "Du bist mir was schuldig."

Dann stapfte er sichtlich schlecht gelaunt aus dem Zimmer.

Verwundert sah sie dem meist gut gelaunten und immer charmanten Dante hinterher. "Was ist denn mit dem los?"

Ray kam zu ihr und legte ihr lächelnd die Hände auf die Hüften. "Schlechte Laune ...", murmelte er und senkte dann seine Lippen, um ihren Hals mit kleinen Küssen zu liebkosen. Es fühlte sich gut an ... zu gut und absolut unpassend für ihren Arbeitsplatz.

"Lass das!", sagte sie ungewollt schroff, weil das Kribbeln in ihrem Bauch sie verwirrte.

Das war Ray. Der Ray. Der Mann, der seit Ewigkeiten mit ihr flirtete.

Nur weil er es schaffte, ihre Gedanken von Brian abzuwenden, hieß das noch lange nicht, dass mehr zwischen ihnen sein würde.

Nicht noch einmal. Den Fehler, sich in einen Kollegen zu verknallen, würde sie bestimmt nicht zweimal begehen.

Er lachte rau, ohne sie loszulassen. "Als würdest du das wirklich wollen." Seine Zähne zwickten sanft in die weiche Haut ihres Halses.

"Ich habe gespürt, wie du dich an mich gepresst hast, wie nass du für mich warst und wie sehr du mich wolltest. Das verschwindet nicht über Nacht. Nicht nach diesem atemberaubenden Sex. Nicht nachdem ich gespürt habe, wie du um meinen Schwanz gezuckt hast."

Obwohl sie es nicht wollte, stöhnte sie leise auf und wurde weicher in seinen Armen.

Gott, sie liebte sein dreckiges Gerede und die Art, wie seine Hände über ihren Körper glitten.

"Nicht hier", protestierte sie weit weniger kratzbürstig.

"Heute Abend …", flüsterte er in einem sinnlichen Versprechen, dann knabberte er an ihrem Ohrläppchen.

"Ich kann nicht." Er versteifte sich ein wenig in ihren Armen, löste sich von ihrem Hals und sah ihr forschend in die Augen.

"Warum?"

"Ich fahre übers Wochenende zu meiner Familie."

Sein spitzbübisches Grinsen kehrte zurück. "Du könntest mich mitnehmen und mich ihnen vorstellen. Dann wissen sie schon mal, wie ihr Schwiegersohn so aussieht."

Lexy lachte laut auf. Das war eine der Seiten an Ray, die sie wirklich liebte. Er schaffte es innerhalb von Sekunden, sie von wütend zu bestens gelaunt zu lenken.

Er verzog gespielt bestürzt das Gesicht. "Du verletzt meine Gefühle, Babe!"

"Du musst dir ein dickeres Fell zulegen. Mit mir zu spielen ist gefährlich. Überleg dir gut, worauf du dich da einlässt, Mr. Porter!", gab sie feixend zurück und löste sich von ihm.

RAY

Stöhnend trat Ray unter den warmen Strahl seiner Dusche.

Lexy hatte recht behalten. Mit ihr zu spielen, war extrem anstrengend. Zwei Wochen lang versuchte er jetzt schon, sie davon zu überzeugen, dass er der Richtige für sie war.

Bislang hatte er es nicht geschafft, mehr von ihr zu bekommen als wirklich atemberaubenden Sex. Nicht dass er gegen täglichen grandiosen Sex etwas einzuwenden hatte. Im Gegenteil. Er hatte sich selten besser gefühlt.

Dass es Lexy genauso gut zu gefallen schien, pushte sein Ego enorm. Sie war immer so empfänglich für seine Annäherungen.

Egal ob er sie, wie am Freitag vor zwei Wochen, zu einem Quickie in einer Abstellkammer von JB-Industrials verführte, sie ihn auf dem Weg zu einem Auftrag auf der Rückbank des Firmenwagens ritt oder er auf ihrem Sofa über sie herfiel. Es war atemberaubend.

Jedes einzelne Mal.

Ungläubig starrte er auf seinen Schwanz hinunter, der bei der Erinnerung an ihre nasse, enge Pussy schon wieder parat stand.

Seinem Schwanz schien das, was Lexy und er teilten, ganz eindeutig zu genügen … Ray selbst leider nicht.

Für ihn war Lexy niemals nur eine Bettgeschichte, und so sehr er den Sex mit ihr auch genoss, er wollte mehr von ihr. Er wollte sie nach dem Sex im Arm halten, mit ihr zusammen einschlafen und aufwachen.

Er wollte sie ganz, doch davon war er noch meilenweit entfernt.

Lexy schaffte es immer wieder, die Situationen so abzupassen, dass überhaupt keine Möglichkeit bestand, dass sich mehr aus ihnen hätte entwickeln können.

Frustriert griff er nach dem Duschgel und wusch sich, seinen Schwanz beharrlich ignorierend.

Heute Abend würde er zu ihr fahren und sie so lange vögeln, bis sie erschöpft einschlief und überhaupt nicht mehr mitbekam, dass er bei ihr blieb.

Nachdem er geklingelt hatte, wartete er ungeduldig vor Lexys Tür.

Sie sah ihn fragend an, nachdem sie ihm, lediglich mit einem viel zu großen Hoodie bekleidet, die Tür geöffnet hatte.

"Hatten wir etwas ausgemacht?"

Ray grinste träge, ging auf sie zu und küsste sie neckend auf die Lippen.

"Nein … aber er hat mich nicht in Ruhe gelassen …" Ray griff nach ihrer Hand und legte sie auf seinen schon wieder steifen Schwanz.

Bei keiner anderen Frau hätte er das jemals getan, aber er wusste, dass Lexy es so anzüglich mochte.

Wie erwartet lächelte sie verheißungsvoll zurück und drückte leicht zu.

"Wir haben Freitagabend, er sollte wissen, dass ich da keine Zeit für ihn habe."

Ray knabberte an ihrer Unterlippe und griff unter dem Hoodie nach ihrem kleinen, perfekten Arsch.

"Du siehst nicht allzu beschäftigt aus", gab er rau zurück und drängte sie zurück in ihre Wohnung. Mit dem Fuß stieß er die Tür hinter ihnen zu.

"Oh, ich bin sehr beschäftig. Ich lese mein neues Buch …"

Er ließ seine Hand von hinten zwischen ihre Beine wandern und streichelte ihre Schamlippen durch den dünnen Stoff ihres Strings.

Er spürte bereits ein klein wenig Feuchtigkeit und presste seinen Schwanz fester gegen ihre Hand. Schritt für Schritt schob er sie auf die Rückenlehne des Sofas zu.

"Dann lass es mich mal sehen … vielleicht ist es ja auch was für mich …", brummte er und liebkoste ihren Hals, so wie er wusste, dass sie es liebte.

Ihr Atem wurde schneller und er spürte mehr Feuchtigkeit in ihrem Slip.

"Eher nicht … zu viele heiße Kerle und jede Menge Sex …"

Sie keuchte, als er zwei Finger an ihrem Slip vorbei in sie gleiten ließ.

"So nass …", murmelte er und versuchte, sich dann wieder auf ihr Scheingespräch zu konzentrieren.

Aufreizend langsam ließ er seine Finger in sie hinein- und aus ihr herausgleiten. "Viel Sex hört sich verdammt gut an."

Lexy stöhnte und presste sich seinen Fingern entgegen.

Am Sofa angekommen entzog er ihr die Finger, ignorierte ihr Wimmern und drehte sie mit aller Willenskraft von ihm weg zum Sofa.

"Zeig es mir", raunte er.

Lasziv lächelnd beugte sie sich über die Rückenlehne des Sofas und angelte nach dem Buch. Langsam schob er ihr den Hoodie nach oben und entblößte ihren perfekten Arsch in dem winzigen String.

Mit einer Hand zog er ihn nach unten, mit der zweiten kniff er so kräftig in ihren Arsch, dass sie laut wimmerte.

Dann schob er erneut zwei Finger in sie und begann, sie langsam damit zu vögeln.

"Gott, Baby …", stöhnte er, als ihre Muskeln sich fest um sie zusammenzogen.

Lexy griff nach dem Hoodie und zog ihn sich über den Kopf, ohne ihren Oberkörper von der Rückenlehne zu lösen.

"Ich wäre dir sehr dankbar, wenn du mich endlich richtig ficken würdest", keuchte sie und presste sich ihm entgegen.

Diese Frau machte ihn verrückt. Ganz eindeutig. Sie würde ihn mit Haut und Haaren verschlingen.

"Ich habe meine Testergebnisse heute bekommen … alles okay." Er wollte endlich ohne Kondom in ihr sein.

"Gut. Bei mir auch. Fick mich endlich."

Länger konnte er nicht mehr warten. Schnell öffnete er seine Hose und schob sie zusammen mit seinen Shorts auf seine Knöchel.

Sein Schwanz war hart, seit er die Stufen zu ihrer Wohnung hinaufgegangen war.

Langsam rieb er darüber, während er ihren straffen Po streichelte. Sie sah so verdammt perfekt aus.

Er drückte mit seiner Hand auf ihren unteren Rücken, bis sie ihn zu einem Hohlkreuz bog und er die Nässe auf ihren Schamlippen sah. Mit der Spitze seines Schwanzes fuhr er über ihre Spalte, verteilte die Nässe und rieb immer wieder über ihre Klit, bis ihr Körper sich vor ihm wand.

"Schsch", murmelte er, als er bemerkte, dass sie die Geduld verlor, platzierte die Spitze seines Schwanzes an ihrer Öffnung und drückte sich langsam in sie. Zeitgleich stöhnten sie auf, während er sich Zentimeter für Zentimeter tiefer in sie schob.

Er hatte sie schon auf die verschiedensten Arten gevögelt und bekam einfach nicht genug von dem Gefühl ihrer Muskeln, die ihn immer tiefer in sie zogen. Er zog sich ein Stück aus ihr zurück und stieß anschließend wieder in sie. Jeder verdammte Zentimeter, den er dabei tiefer in sie kam, brachte ihn mehr um den Verstand.

Alles in ihm zog sich fest zusammen, als er sich vollständig in ihr versenkt hatte.

Ihrer beider Atem kam keuchend, als er einen Moment innehielt, um das Gefühl zu genießen. Dann begann er, schnell und rhythmisch in sie zu stoßen.

"Ja … Ray …", stöhnte sie und krallte ihre Hände so fest in das weiche Polster des Sofas, dass ihre Knöchel weiß hervortraten.

Stoß um Stoß kam sie ihm entgegen, stöhnte und zuckte um seinen Schwanz.

Er genoss den Anblick ihres Körpers, der unter jedem seiner heftigen Stöße erschüttert wurde. Sein Blick wanderte über ihren durchgebogenen Rücken und ihre schmale Taille bis hin zu ihrem Hintern.

Seine Hände wanderten wie von selbst zu ihren Pobacken, griffen fest zu und zogen sie auseinander, um auch bis zum letzten Millimeter in sie stoßen zu können.

Der Anblick seines Schwanzes, der aus ihr hinaus und wieder hinein fuhr, ließ ihn aufstöhnen.

"Fuck, Baby, das sieht unglaublich heiß aus", knurrte er und ließ eine Hand tiefer wandern, um ihre Feuchtigkeit zu spüren.

Sie stöhnte, als sein Daumen dabei über ihren Damm glitt und ihre Pussy begann heftig um ihn zu zucken.

Automatisch wurden seine Stöße noch heftiger. Er wollte sie um seinen Schwanz kommen spüren. Noch einmal befeuchtete er seinen Daumen und massierte mit dem nassen Daumen dann ihren Anus.

Sie erstarrte nicht, wie er gedacht hätte, sondern stöhnte nur noch lauter und zog sich fest zusammen.

Sein Schwanz schmerzte, so nah stand er bereits vor seinem Höhepunkt. Tief und hart stieß er in sie und drückte zeitgleich seinen Daumen in ihre zweite Öffnung. Sie nahm ihn widerstandslos auf, schrie laut ihre Lust hinaus und erzitterte gleich darauf unter ihrem heftigen Orgasmus.

Der feste Griff ihrer Muskeln riss ihn augenblicklich mit über die Schwelle zu seinem Orgasmus.

Ray warf seinen Kopf in den Nacken und stöhnte ihren Namen, während er sich in langen Schüben in ihr ergoss.

Er lehnte sich schwer atmend gegen sie, versuchte sich am Sofa abzustützen, um nicht alles Gewicht auf ihr lasten zu lassen.

Als sie sich zu regen begann, wusste er, dass er handeln musste, bevor sie ihn wieder vor die Tür setzte.

Aufrecht zu stehen erwies sich als gar nicht so leicht, wenn man seinen Atem noch nicht wieder gefunden hatte.

Dennoch zog er sich aus ihr zurück und streifte sich Schuhe, Hose und Shorts von den Beinen. Dann entledigte er sich seines Shirts und der Socken.

Lexy richtete sich währenddessen langsam und zittrig auf.

Noch bevor sie ein Wort sagen konnte, hob er sie auf seine Arme.

"Was tust du?", murmelte sie argwöhnisch, schlang aber die Arme um seinen Hals.

"Duschen."

"Hier?"

Lächelnd schüttelte er den Kopf. Oh ja, sie versuchte ihn loszuwerden.

"Wasser sparen. Außerdem bin ich noch nicht fertig mit dir."

Sie zog die Brauen zusammen. "Nein?"

"Nein." Er überlegte einen Moment, um sich eine Ausrede einfallen zu lassen, die auch für sie akzeptabel war. "Ich muss dich so lange vögeln, bis mein Schwanz nicht mehr dauerhart ist, nur weil du in der Nähe bist."

Sie grinste. "Guter Plan."

Mit ihr auf den Armen trat er unter die Dusche. Er drehte das Wasser auf, und als die Temperatur richtig war, schob er sie unter den Strahl.

"Punkt eins des Plans. Ich muss genug von deinem Geschmack bekommen", murmelte er verheißungsvoll in ihr Ohr, während seine Hand bereits zu ihrem empfindlichen Fleisch wanderte.

"Ich glaube nicht, dass ich schon wieder …", stammelte sie, doch Ray brachte sie zum Schweigen, indem er ihren Kopf zu sich neigte und ihre Lippen mit seinen versiegelte.

Er würde sie nicht zu Wort kommen lassen, bis er

sie in den Schlaf gevögelt hatte und sich bedenkenlos neben ihr ins Bett legen konnte.

Zuerst würde er es ihr ein- oder zweimal mit dem Mund unter der Dusche besorgen.

Dann würde er sie in ihr Bett bringen und so lange vögeln, bis sie um Erlösung flehte.

Dann noch einmal und noch einmal. An diesem Abend würde er ihr definitiv keine Wahl lassen. Vor allem keine Chance, ihn hinauszuwerfen.

Und dann würde er als der glücklichste Mann des Universums neben ihr einschlafen.

6 WIE ZUM TEUFEL …

LEXY

Wie zum Teufel hatte das nur passieren können?

Völlig fassungslos starrte Lexy auf Ray hinab. Sein Kopf lag auf ihrer Brust, seine Arme und Beine hatten sich wie eine Schlingpflanze um sie gewickelt.

Am Abend war er unermüdlich gewesen. Nach ihrem letzten Orgasmus war sie nur noch dazu fähig, ihm ein paar Abschiedsworte zuzumurmeln und war dann augenblicklich eingeschlafen.

Hätte sie gewusst, dass er einfach bleiben würde, hätte sie bestimmt die Kraft aufgebracht, um ihn eigenhändig vor die Tür zu setzen.

Und jetzt lag er einfach da, als würde er dort hingehören.

Aber das hier ging über Sex hinaus. Er hatte hier nichts zu suchen, auch wenn sie zugeben musste, dass sie fantastisch geschlafen hatte.

Das liegt nur an dem vielen Sex, Fräulein!

Sie hob eine Hand und stupste ihn mit dem Zeigefinger in die Wange.

Er brummte verstimmt und rieb seine Wange an ihrer Brust. Seine Bartstoppeln kratzten über ihre Haut und lösten ein köstliches Ziehen in ihrem Unterleib aus.

"Ray", sagte sie ungeduldig, weil sie dieses Ziehen nicht wollte. Nach letzter Nacht sollte sie eine Weile genug von ihm haben und nicht schon wieder scharf auf ihn sein.

Die Richtung, in die sich diese Affäre entwickelte, war eindeutig nicht gut für sie!

"Schlaf, Baby", brummte er und rieb sich erneut an ihr.

"Ich würde ja schlafen, wenn du nicht da wärst", zischte sie schärfer als nötig. Das Kribbeln, das schon wieder so unerwünscht in ihrem Bauch herrschte, passte ihr überhaupt nicht.

Er seufzte, drehte sich auf den Rücken und dann auf seine andere Seite, ehe er sich auf die Bettkante setzte.

Verwirrt verfolgte sie das Geschehen, als er aufstand und nackt wie Gott ihn schuf das Zimmer verließ. Sie konnte nicht umhin, seinem Knackarsch nachzustarren.

Wenige Minuten später erschien er wieder in ihrem Zimmer.

Vollständig bekleidet, wie sie mit gerunzelter Stirn feststellen musste.

Er beugte sich über sie, küsste sie auf die Stirn und lächelte dann breit. "Schau nicht so finster, Sweety. Ich bin schon weg."

Und genau das tat er. Er verließ ihre Wohnung, ohne Widerworte, ohne zu zögern, ohne einen Blick zurück.

Das Schlimmste an der Sache war, dass sie sich nun nicht mal mehr sicher war, ob es wirklich das war, was sie wollte.

Verdammt!

RAY

Lexy so zu behandeln, wie sie es wollte, war eines der schwersten Unterfangen, denen er sich jemals ausgesetzt hatte.

Er hatte sich den ganzen Samstag nicht bei ihr gemeldet. Am Sonntag war er zu ihr gegangen, hatte sie geküsst, bevor sie ein Wort hatte sagen können, und sie dann direkt an ihre Tür gepresst genommen, nur um sie anschließend sofort wieder zu verlassen.

Unter der Woche war er an jedem Abend zu ihr gegangen. Sie hatten Sex, bis Lexy erschöpft einschlief, und Ray versuchte, so früh zu gehen, dass sie ihn nicht vor die Tür setzen konnte.

Es schien genau das Richtige für sie zu sein. Nur für ihn nicht.

Ihm fiel es von Mal zu Mal schwerer zu lächeln, wenn er sie verlassen musste, um es ihr recht zu machen.

Er versuchte, seine Besuche auszudehnen, brachte etwas zu Essen oder einen Film mit. Erst war sie skeptisch, doch wenn er nach dem Sex oder zumindest in den frühen Morgenstunden ging, so wie sie es wollte, war sie zufrieden.

Sie … aber er nicht. Er musste sich jeden Tag daran erinnern, dass das nur Mittel zum Zweck war. Irgendwann würde sie nachgeben und ihn nicht mehr mit diesem Blick ansehen. Ein Blick, der ihm genau sagte, dass sie nur auf den Moment wartete, in dem er einen Fehler machte.

In der Woche, in der sie ihre Periode hatte, ging er sofort nach dem Essen zurück nach Hause. Sie würde ihn niemals einfach so mit in ihr Bett nehmen, auch wenn er es sich durchaus sehr schön vorstellte, einfach nur mit ihr einzuschlafen.

Als sie ihm bei einem ihrer gemeinsamen Einsätze zu verstehen gab, dass sie endlich wieder Sex haben konnten, packte er sie im Nacken und küsste sie so heftig, dass sie danach beide keuchend nach Atem rangen.

"Heute Abend", flüsterte er, seine Lippen noch immer ganz nah an ihren.

Sie nickte.

Widerstrebend ließ er sie los, da die Tür des Konferenzzimmers, vor der sie auf ihre Schützlinge warteten, jeden Moment aufgehen konnte.

Den Rest des Tages musste er sich beherrschen, seine Finger bei sich zu lassen. Am Abend duschte er nur in Windeseile und fuhr, mit einem kurzen Zwischenstopp beim Chinesen, direkt zu ihrer Wohnung.

Mit einem bezaubernden Lächeln im Gesicht öffnete Lexy ihm die Tür. Auch sie hatte geduscht. Ihre Haare waren noch feucht und der kurze, weiße Bademantel entblößte mehr von ihrem schlanken Körper, als er verdeckte.

Ray schob seine freie Hand in ihren Nacken und küsste sie kurz, aber heftig.

"Hey Babe, ich hab was zu essen mitgebracht", sagte er lächelnd und schob sich schnell an ihr vorbei, bevor sie in seinen Augen Dinge sah, die er ihr noch nicht sagen durfte.

"Essen? … ich hatte eher auf etwas anderes gehofft."

Der spielerische Tonfall änderte nichts an dem Stich, den er in seinem Herzen empfand. Er wusste nicht, wie lange er noch mit dieser Lüge leben konnte, wie lange er noch vor ihr verbergen konnte, dass er sie liebte.

Während er aus einem ihrer Küchenschränke die passenden Teller holte, versuchte er, seine Emotionen unter Kontrolle zu bringen.

"Wir müssen uns erst stärken."

Es hätte lustig klingen sollen, doch selbst in seinen Ohren tat es das nicht, also legte er nach. "Wenn du dich allerdings als mein Teller anbietest, könnten wir beides verbinden."

Lexy lachte und Ray trug erleichtert die Teller zum Wohnzimmertisch.

Die Unterhaltung wurde entspannter, während sie das Hühnchen süß-sauer genossen. Vor allem auch deshalb, weil es ihm leicht fiel, anzügliche Witze zu machen, während sie lediglich in einem winzigen Bademantel gekleidet vor ihm saß.

Der Gürtel hatte sich gelockert und der Mantel war an ihrer Brust ein Stück weit aufgeklappt.

"Bist du endlich fertig mit essen?", fragte er, als sie zufrieden seufzte.

Ihre großen, blauen Augen funkelten schelmisch. "So ungeduldig?"

"Sehr ungeduldig", bestätigte er. Er wollte sie endlich wieder nah bei sich spüren, sie überall berühren und küssen, sich tief in ihr vergraben und sie im Arm halten, bis sie einschliefen.

Er stellte seinen Teller beiseite und beugte sich zu ihr. Sein Blick war auf ihre vollen Lippen geheftet, von denen er einfach nicht genug bekam.

Er küsste sie sanft und zärtlich, wollte sie nicht überfallen, sondern jeden Moment mit ihr auskosten. Er löste den Gürtel ihres Bademantels und schob ihn noch weiter auf.

Ungestüm zog Lexy ihn an sich, wollte eindeutig mehr, doch Ray streichelte nur zärtlich über die weiche Haut an ihrer Taille.

"Ray!", jammerte sie, als er auf ihre Bemühungen nicht einging. Doch dieses eine Mal brauchte er mehr. Er brauchte zumindest die Illusion davon, dass das hier mehr als nur Sex war. Er hatte sie die Woche über schmerzlich vermisst. Die Möglichkeit, sie zu schmecken und nah bei sich zu haben.

"Schsch", machte er und ließ seine Lippen über ihren Hals wandern.

Sie schlang ihre Arme und Beine um ihn und presse ihn an sich. "Komm schon", raunte sie in sein Ohr, doch Ray ließ sich nicht abbringen. Er schlang seine Arme um ihre Mitte und stand mit ihr auf.

Sie lehnte sich zurück und sah ihn fragend an, während Ray sie ins Schlafzimmer trug.

Um ihrem Blick auszuweichen, senkte er den Kopf und knabberte an ihrer Schulter. Sie seufzte und er spürte das feine Kratzen ihrer Fingernägel in seinem Nacken.

Vorsichtig legte er sie auf dem Bett ab und stütze sich dann links und rechts von ihrem Kopf ab.

"Kommen wir jetzt endlich zum interessanten Teil?", schnurrte sie in sein Ohr. Ray biss vor Ärger die Zähne zusammen. Sie würde keine Ruhe geben, bis er genau das tat, was sie wollte. Sex. Nur Sex und kein bisschen mehr, bis sie zu erschöpft war, um gegen ihn anzukämpfen.

Er löste sich von ihr, kniete sich auf das Bett und drehte sie beinahe grob auf den Bauch.

Ihr Lachen machte ihm im Gegensatz zu sonst nicht glücklich. Er ärgerte sich über sie, über sich selbst und seine Gefühle, die ihn Stück für Stück in den Wahnsinn trieben.

Mit einer schnellen Bewegung zog er ihr den Bademantel aus und wickelte den Gürtel um ihre Handgelenke. Sie stöhnte, als er sie mit einem festen Ruck am Kopfteil des Bettes befestigte.

Rasch entledigte er sich seiner Kleidung und kniete sich dann hinter Lexy. An ihren Hüften zog er sie nach oben, bis sie vor ihm kniete, die Brust flach aufs Bett gepresst.

Ohne noch einem Moment zu warten, schob er zwei Finger in sie und stöhnte auf, als er bemerkte, wie nass sie bereits war.

"Das ist es, was du willst, nicht wahr?", knurrte er hin- und hergerissen zwischen seiner Lust und der Wut, die in ihm schwelte.

Ihre einzige Antwort war ihr Keuchen und das Zucken um seine Finger.

Ray entzog ihr seine Hand, schlug auf ihren Hintern, den sie ihm so auffordernd entgegenreckte und stieß dann mit einer einzigen, schnellen Bewegung seinen Schwanz tief in sie.

Sie schrie und bäumte sich auf, doch Ray ließ ihr keine Zeit, sich an ihn zu gewöhnen. Sofort stieß er wieder hemmungslos zu.

Mit festem Griff hielt er sie an ihren Hüften, zog sie jedem seiner Stöße entgegen. Das Klatschen ihrer Haut und ihre lauten Lustschreie fachten seine Wut nur noch weiter an.

Das war alles, was sie von ihm wollte, und egal wie atemberaubend es sich anfühlte, es war einfach nicht genug.

Er beugte sich über sie, ohne Rhythmus oder Härte seiner Stöße zu verändern. Dann biss er in ihre Schulter, wollte einen Abdruck auf ihr hinterlassen, wie sie es auf seinem Herzen getan hatte.

In diesem Moment begann Lexy unter ihm zu zittern. Sie stöhnte seinen Namen und ihre Muskeln zogen sich so eng um seinen Schwanz zusammen, dass er sich kaum noch bewegen konnte.

Dann erschlaffte ihr Körper und sank auf dem Bett zusammen. Er drehte sie auf den Rücken, schob sich zwischen ihre Beine und drang erneut in sie ein.

Sie wimmerte mit geschlossenen Augen. Ihre Wangen waren gerötet und ihre Lippen standen ein klein wenig offen. Sie sah atemberaubend aus. Weich und anschmiegsam.

Er legte sich ihre Beine um die Hüften und begann, sich langsam in ihr zu bewegen, genauso wie er es von Anfang an hatte tun wollen. Mit einem Arm stützte er sich neben ihrem Kopf ab, mit dem zweiten löste er ihre Fesseln.

Seine Lippen fuhren federleicht über ihr Gesicht und liebkosten jeden Zentimeter davon.

Dann küsste er sie liebevoll auf den Mund, genoss ihren Geschmack und ihre Trägheit. Ihre Zunge streichelte über seine, während ihre Hände zu seinen Schultern wanderten.

Ganz allmählich schien sie wieder wacher zu werden, kam ihm bei jedem seiner langsamen, tiefen Stöße entgegen.

Er löste seine Lippen von ihren, sah ihr schwer atmend in die halb geschlossenen Augen. Er liebte sie so sehr, dass es wehtat, ihr nicht die Wahrheit sagen zu können.

Er spürte das Ziehen in seinem Unterleib, merkte, wie sein Orgasmus unweigerlich näher kam und auch Lexys Muskeln sich wieder enger um ihn herum zusammenzogen.

Er veränderte den Winkel, um sein Schambein fester gegen ihre Klit pressen zu können, und genoss ihr leises Stöhnen.

Ihr Griff wurde fester und ihre Augen schlossen sich, als der Orgasmus sie erneut zu überwältigen drohte.

"Sieh mich an", raunte er.

Sie sollte in seinen Augen sehen, was er ihr nicht sagen durfte. In diesem Moment schien ihm nichts wichtiger.

Er beschleunigte seine Stöße und gleich darauf ergoss er sich in langen Schüben in ihr. Lexy presste sich an ihn und warf keuchend ihren Kopf in den Nacken, als ihr Körper erneut zu zittern begann.

Erschöpft ließ er sich auf sie sinken, barg seinen Kopf an ihrem Hals. Sein Atem ging heftig und sein Herz raste.

Lexys Arme und Beine rutschten von seinem Körper und blieben schlaff auf der Matratze liegen.

Gequält schloss er die Augen, als ihm bewusst wurde, dass sie wirklich gesehen hatte, was in ihm vorging. Er war noch nicht bereit für diese Auseinandersetzung, wollte sie noch nicht gehen lassen.

Als sie zunehmend steifer unter ihm wurde, drehte er sich schließlich auf die Seite und zog sie an seine Brust, in der Hoffnung, sie einfach im Arm halten zu können.

LEXY

Ihr Herz raste und eine leise Panik überlief sie. Es konnte nicht sein. Es durfte nicht wahr sein, was sie in seinen Augen gesehen hatte.

Zwischen ihnen war nichts. Das alles hier war nur Sex, so wie sie es von Anfang an ausgemacht hatten. Er durfte sich nicht in sie verlieben. Das machte alles nur komplizierter. Ihr Herz gehörte noch immer Brian, auch wenn Ray ihr half, ihn mehr und mehr zu vergessen.

Sie mussten darüber reden, das alles im Keim ersticken, ehe er sich auf etwas versteifte, das niemals zwischen ihnen sein konnte.

"Vielleicht solltest du besser gehen", begann sie ihre Rede und wusste sofort, dass das der falsche Anfang war, so wie er sich augenblicklich in ihren Armen versteifte.

"Sollte ich?", fragte er ruhig … beinahe zu ruhig.

"Hör mal … ich glaube, das geht hier gerade in eine Richtung, die wir beide nicht wollen."

Sie schob ihn ein Stück von sich, um ihm in die Augen sehen zu können. Sie konnte die Gefühle in seinen Augen nicht deuten. Was war es? Wut, Unmut oder Ärger?

Er schloss die Augen und atmete tief durch. "Und woher weißt du so genau, was ich will, Lexy?"

Sie sah, wie er die Kiefer zusammenpresste, als sie sich von ihm löste.

"Wir haben eine klare Vereinbarung, oder? Nur Sex. Ich denke, es ist besser, wenn wir die Grenzen wieder ein wenig genauer nehmen, damit wir uns nicht in Gefühle verstricken, die wir gar nicht wollen." Sie zog sich den Bademantel über. Diese Auseinandersetzung wollte sie lieber nicht nackt führen.

Ray lachte hart auf. "Ist das dein Ernst, Lexy? Wir führen dieses Gespräch doch nur, weil du ganz genau gesehen hast, dass es bereits zu spät ist!"

Ihr Magen krampfte sich zusammen. Sie hatte es geahnt. Die Gefühle, die in seinen Augen aufgeblitzt waren, waren zu deutlich. Aber sie hatte gehofft, dass sie noch rechtzeitig die Kurve bekommen würden.

"Du hast gewusst, dass es so nicht laufen würde, Ray. Ich habe es dir von Anfang an gesagt." Sie verschränkte die Arme vor der Brust, um sich vor dem Zorn zu schützen, der von ihm ausging.

Ray lachte laut und höhnisch auf, während er sich aufsetzte, und begann sich anzuziehen.

"Es geht nun mal nicht immer nur darum, was *du* möchtest, Lexy. Ich habe mich in dich verliebt und ich kann es nicht einfach abstellen, nur weil es dir nicht gefällt."

Automatisch wich sie zwei Schritte zurück. Ein Schlag in den Magen hätte nicht weniger wehtun können. Sie wollte ihn nicht verlieren. Ihre Freundschaft war ihr in den letzten Wochen unglaublich wichtig geworden.

"Ich wollte das nicht, Ray. Es tut mir so leid, ich …"

Er schnaubte und riss sich das Shirt über den Kopf, ehe er wütend die Hose schloss und in seine Schuhe schlüpfte.

"Ehrlich gesagt ist es mir egal, Lexy. Es ist mir scheiß egal, ob es dir leidtut oder nicht, ob du das wolltest oder nicht! Es ist mir verdammt noch mal egal! Ich hab mich in dich verliebt, ich habe gekämpft und verloren. Ich habe es kapiert, okay? Du musst es mir nicht unter die Nase reiben."

Der Schmerz in seinem Ton strafte seine Worte Lügen. Es war ihm bei weitem nicht egal und ihr auch nicht.

Sie musste das irgendwie wieder in Ordnung bringen, musste ihn dazu bringen, ihr zu glauben und mit ihr zusammen eine Lösung zu finden. "Ray … ich wollte das nicht …"

RAY

Das Mitleid in ihrem Blick fachte seine Wut nur immer weiter an. Er konnte vieles ertragen. Ihren Zorn, die Gleichgültigkeit, ja sogar, wenn sie ihn wieder ignorieren würde.

Aber Mitleid dafür, dass er sich in sie verliebt hatte, war mehr, als er verkraften konnte. Er überging den Schmerz in seinem Herzen ein weiteres Mal, stopfte ihn zurück hinter die Wand aus Wut, um zumindest mit einem kleinen bisschen Würde aus dieser Wohnung zu kommen.

"Es ist mir egal, Lexy. Du hast mir mein verdammtes Herz rausgerissen und damit gespielt, mehr nicht. Aber ich bin selber schuld. Ich habe nur gesehen, was ich wollte, ich war so verliebt, dass ich dachte, du willst mich genauso sehr wie ich dich." Zumindest hatte er gehofft, dass hinter ihrer Begierde auch ein kleines bisschen mehr stecken könnte.

Er hatte geglaubt, dass sie nach all der Zeit, die sie zusammen verbracht hatten, ein wenig mehr in ihm sah als die unkomplizierte Affäre, zu der sie ihn abgestempelt hatte.

Er hatte gehofft und verloren.

"Ich war blind und habe mich vor allen lächerlich gemacht, schon klar. Ich habe es verstanden und alle anderen ebenso. Ich bin nicht Brian, ich bin nicht gut genug." Resigniert schüttelte er den Kopf. Er konnte sich die Blicke seiner Kollegen bereits vorstellen. Seit Jahren machte er sich für Lexy zum Affen, lief ihr nach, als wäre er ein herrenloser kleiner Welpe, der um ihre Aufmerksamkeit buhlt.

Genug war genug. Er konnte nicht mehr.

"So ist es nicht, Ray … es ist nur…"

"Lexy, lass es einfach. Ich habe wirklich genug von deinen Phrasen und leeren Worten. Ich bin dir drei Jahre lang hinterhergelaufen, habe wirklich alles versucht. Meinst du, ich habe nichts Besseres zu tun? Meinst du, ich brauche nur irgendein Hobby? Glaub mir, könnte ich es mir aussuchen, wäre Liebe die letzte Wahl als Freizeitbeschäftigung!"

"Ray … ich …"

"Ray was? Weißt du was? Vergiss es einfach. Ich habe genug von dir und ich wünschte wirklich, ich könnte so kalt und gefühllos sein wie du!"

Er drehte sich um und verließ ihre Wohnung, konnte es keinen Moment länger aushalten, denn er wollte sie die Tränen nicht sehen lassen, die in seinen Augen brannten.

Er warf die Wohnungstür hinter sich zu und ging den Flur entlang zum Treppenhaus.

Auf dem Weg nach draußen krampfte sich sein Herz noch weiter zusammen.

Da war kein Rufen seines Namens, keine Frau, die ihm folgte.

Sie ließ ihn einfach so gehen, ohne zumindest um das zu kämpfen, was sie bislang teilten. Nichts.

Er verbannte sie aus seinem Kopf, wollte nicht einen Moment länger an sie denken. Er wollte einfach gar nichts mehr fühlen.

Mit der kühlen Nachtluft kamen die Tränen. Schnell stieg er in sein Auto und fuhr los, ehe jemand sehen konnte, was diese Frau aus ihm gemacht hatte.

7 SCHMERZ

LEXY

Die ganze Nacht lang war sie wach gelegen und hatte das Gespräch mit Ray wieder und wieder im Geiste durchgespielt.

An welchem verdammten Zeitpunkt war ihre Beziehung so schief gelaufen? Das war nicht geplant. Es hätte nicht passieren dürfen. Gefühle waren in dieser Gleichung nicht zulässig!

Verdammte Scheiße!

Lexy drehte ihr Gesicht in das Kissen, als könnte sie sich so vor dem Chaos in ihrer Welt verstecken. Sie wollte nicht wissen, was Ray fühlte, wollte verdrängen, dass er sie liebte.

Sie wollte *ihren* Ray zurück.

Den lustigen, charmanten Ray, der immer da war. Zur gleichen Zeit bester Freund und Affäre. Sie wollte ihn zurück. Wollte, dass er zu ihr kam, wenn sie am Abend allein zuhause war. Sie wollte, dass er zusammen mit ihr aß, Filme ansah und lachte, bevor sie ihn in ihr Bett zog und sie wirklich außergewöhnlich guten Sex hatten.

Sie wollte ihm ungezwungen bei der Arbeit begegnen, mit ihm lachen und sich so den Tag verkürzen.

Ray hatte ihr Leben komplett gemacht. Er hatte ihr all das gegeben, was sie sich von Brian immer gewünscht hatte.

Warum nur hatte er mit all diesem Gefühlskram anfangen müssen? Es war doch alles perfekt gewesen!

Ihre Gedanken schweiften erneut ab zu dem Gesichtsausdruck, mit dem er sie angesehen hatte, kurz bevor er ihre Wohnung verlassen hatte.

Der Schmerz in seinem Blick, so sehr er ihn auch zu verstecken versuchte, war unübersehbar gewesen. Es war ein Schmerz, den sie nur allzu gut kannte.

Derselbe Schmerz, den sie stets empfand, wenn sie an Brian dachte.

Brian, der Mann, der ihr Herz gebrochen hatte und nun schier unerträglich glücklich mit Amy war.

Sie dachte an den Abend vor wenigen Wochen, als sie Brian und Amy auf dem Wohlstätigkeitsball gesehen hatte. Schmerz und Eifersucht hatten ihr Innerstes zerrissen.

Und dann hatte Ray sie abgelenkt. Sie hatten sich gestritten und überdies sogar die Gefühle in sich verdrängt.

Ray hatte es geschafft, sie auf andere Gedanken zu bringen. Weg von Brian, hin zu ihm.

Es war nicht das einzige Mal gewesen, dass ihm dieses schier unmögliche Unterfangen gelungen war. Manchmal mit seinem Humor, manchmal mit seinen Lippen.

Ray hatte etwas geschafft, das sie für unmöglich gehalten hatte, und sein Verlust hinterließ ein riesiges Loch in ihrem Leben.

Als sie spürte, wie ihre Augen zu brennen begannen, stand sie auf und ging unter die Dusche.

Sie musste sich für die Arbeit fertig machen. So wenig Schlaf, wie sie abbekommen hatte, würde sie eine ziemlich lange Zeit in ihr Makeup investieren müssen, um halbwegs passabel auszusehen.

RAY

Sein erster Gedanke, als er die Augen nach einer viel zu kurzen Nacht aufschlug, galt Lexy.

Die Frau, die ihm das Herz gebrochen hatte. Der vergangene Abend hatte bewiesen, was er schon seit langem gewusst hatte.

Egal was er tat, er war nicht genug für Lexy.

Er hatte auf jede nur erdenkliche Art und Weise gekämpft und schlussendlich verloren.

Er stöhnte bei dem Gedanken, ihr heute über den Weg laufen zu müssen. Es schien ihm nahezu unmöglich, sie zu sehen. Er brauchte noch einen Tag, musste seine Gefühle für sie irgendwie in den Griff bekommen.

Blind tastete er nach seinem Telefon und drückte die Kurzwahl für das Büro des Security Service von JB-Industrial.

"JB-Industrial, Security Service, Büro von Mr. Moreno, Tracy am Apparat." Tracys kühle, effiziente Art war ihm in diesem Moment mehr als willkommen.

"Hey Tracy, Ray hier." Seine Stimme klang rau und krank, ohne dass er sich anstrengen musste. Seine Kehle war von den Emotionen, die seit dem gestrigen Abend in ihm tobten, völlig hinüber.

"Ray? Du klingst furchtbar!" Tracy besorgt zu hören, war neu für ihn. Aber er hatte sich in den ganzen drei Jahren, in denen er für die Firma arbeitete, nicht einmal krankgemeldet.

"Mir geht es nicht sonderlich gut", sagte er und das war noch nicht einmal gelogen. "Ich kann heute leider nicht kommen."

"Natürlich. Ich leite es sofort weiter. Wie lang willst du dich krankmelden?"

Er schloss erleichtert die Augen. Das war leichter, als gedacht.

"Nur heute, Tracy. Morgen sollte es wieder gehen."

"Okay. Gute Besserung!"

Verwundert über ihren besorgten Ton verabschiedete er sich von ihr und legte auf. Dann schrieb er Dante und Chase eine SMS, und fragte ob sie am Abend auf ein paar Bier vorbeikommen würden.

Beide bejahten, ohne weitere Fragen zu stellen. Wahrscheinlich konnten sie es sich denken.

Ray drehte sich zur Seite und versuchte, noch ein paar Stunden zu schlafen. Schlaf schien das einzige zu sein, das die kreisenden Gedanken in seinem Kopf aufhalten konnte.

LEXY

Der Versuch, ihre Augenringe zu überdecken, hatte ewig gedauert. Als sie 15 Minuten zu spät zur Arbeit kam, betrat sie beinahe gleichzeitig mit Ash den Raum.

"Die geänderten Pläne, Jungs. Ray ist krank", rief er und heftete die Blätter in den Ordner.

Augenblicklich krampfte sich ihr Magen heftig zusammen. Lexy wusste genau, warum Ray nicht kam. Er konnte sie nicht mehr ansehen.

Der Gedanke, ihn für immer verloren zu haben, schnürte ihr die Kehle zu. Sie wollte nicht, dass es so endete. Sie wollte ihn zurück!

In der Hoffnung, dass sie sich täuschte, sah sie zu Dante hinüber. Ihr Blick fand sofort seinen.

Sie fand nicht, was sie sich erhofft hatte. In seinem Blick stand lediglich ein stiller Vorwurf.

Lexy schloss die Augen, um seinem eisernen Blick auszuweichen und das Brennen zu vertreiben, das sie unter ihren Lidern spürte.

Als sie sie wieder öffnete, traf sie sofort Chases fragenden Blick. Er wusste also noch nicht Bescheid, was am Tag zuvor passiert war. Lexy zweifelte aber nicht daran, dass er bald im Bilde sein würde.

"Lexy, kommst du?" Thomas' Frage riss sie aus ihren trübsinnigen Gedanken.

"Wohin?", fragte sie verwirrt.

"Wir zwei haben zusammen einen Auftrag." Er sah sie fragend an. "Alles in Ordnung bei dir?"

Lexy schluckte schwer, als sie Dantes genervtes Gemurmel hörte.

"Alles okay."

"Du bist ziemlich blass und hast Augenringe …"

Sie lächelte erschöpft zu Thomas hoch. Dieser Mann war riesig. An die zwei Meter schlanker, drahtiger, muskulöser Körper. "Du weißt, wie man einer Frau Komplimente macht."

Gequält verzog er das Gesicht. "Sorry … aber du weißt, was ich meine."

"Hab nicht so gut geschlafen."

"Das heißt wohl, du willst nicht darüber reden", schlussfolgerte er.

Doch, eigentlich wollte sie sogar ziemlich dringend darüber reden. Sie brauchte eine neutrale Meinung, um sich zu vergewissern, dass sie nichts falsch gemacht hatte, dass es nicht ihre Schuld war, dass Ray sich so schlecht fühlte.

Ihr Blick schweifte über Dante und Chase, die sie genau beobachteten.

"Doch … aber nicht hier", antwortete sie Thomas und verließ den Raum.

Thomas zog die Augenbrauen zusammen, ließ seinen Blick noch einmal zurück zu den Jungs wandern und folgte ihr dann nickend.

"Okay. Wann immer du willst, Lexy."

RAY

Schlaf hatte er nicht mehr gefunden. Irgendwann hatte er sich schließlich aufgerafft und zum Sofa geschleppt.

Innerlich war er hin- und hergerissen zwischen der Wut, die er für Lexy empfand, dem Schmerz, den ihr Verlust mit sich brachte und dem Hass auf sich selbst, weil er dumm genug gewesen war, ihr seine Gefühle zu offenbaren.

Seine wirren Gedanken brachten ihn sogar dazu, sich von ihr verraten zu fühlen. Als könnte sie etwas dafür, dass sie seine Gefühle nicht erwiderte.

Stöhnend lehnte er seinen Kopf an die Couch. Er musste sie endlich aus seinem System bekommen. Sie hatte mehr als deutlich gemacht, dass sie absolut nichts für ihn empfand.

Sie hatte nichts als lahme Ausreden und Entschuldigungen vorgebracht. Sie hatte nicht einmal versucht ihn aufzuhalten.

Das Klopfen an seiner Wohnungstür bewahrte ihn davor, erneut in Selbstmitleid zu versinken. Er hatte die Schnauze voll davon. Den ganzen Tag lang waren seine Gedanken nur um Lexy gekreist.

Mit letzter Kraft rappelte er sich auf und ging zur Tür. Er öffnete sie und sah in die mitfühlenden Gesichter von Dante und Chase.

"Du siehst scheiße aus", sagte Dante sofort, drückte ihm einen Sixpack Bier in die Hand und schob sich dann an ihm vorbei.

Chase nickte lediglich zustimmend und steuerte mit einem zweiten Sixpack auf das Sofa zu.

"Eine Frau ist über mein Herz getrampelt. Ich habe das Recht, scheiße auszusehen", brummte er, warf die Tür zu und folgte den beiden.

"Sieht aus, als hätte sie spitze Stilettos getragen." Chase sah ihn beinahe besorgt an.

Stöhnend ließ Ray sich auf sein Sofa fallen und nahm die erste geöffnete Bierflasche entgegen.

Eine Weile lang schwiegen alle und tranken ihr Bier, dann erzählte er zögerlich und bei weitem nicht in allen Einzelheiten vom gestrigen Abend.

Als er fertig war, trat erneut Stille ein und Dante öffnete eine neue Runde Bier für alle.

"Wenn es dich tröstet, Lexy sah heute echt beschissen aus", sagte Chase dann und sah in seine

Bierflasche, als würde er dort Antworten finden.

Dennoch horchte Ray auf. Lexy sah beschissen aus? War ihr das alles doch nicht so egal?

Gleich darauf zerriss Dante seine Hoffnung in der Luft.

"Sie sah aber eher auf die Art *Ich konnte nicht schlafen, weil ich einem armen Hündchen auf den Schwanz getreten bin* beschissen aus."

Ray schloss die Augen bei diesem erbärmlichen Vergleich. Wie konnte es sein, dass ihm das alles so nahe ging und sie kein bisschen für ihn empfand?

"Meinst du? Vielleicht hat sie nur zu spät kapiert, was sie an einem Mann wie Ray hat." Chase klang zuversichtlich und Ray verfluchte sich dafür, dass sein Herz einen kleinen Satz machte.

"Nein, glaub mir. Wenn sie nicht will, musst du sie ziehen lassen. Es bringt rein gar nichts, ihr wie ein bedürftiger Welpe hinterherzulaufen!" Dante klang mehr als entschieden.

"Ach ja? Weil das bei Tracy auch so hervorragend funktioniert hat?", fragte Chase.

"Tracy ist ja wohl etwas ganz anderes!", knurrte Dante.

Ray stutze. Dante und Tracy? Die beiden waren wie Feuer und Eis! Tracy immer akkurat und kühl, Dante der ständig flirtende Latinlover.

"Ja genau. Ganz anders", höhnte Chase.

"Können wir zum eigentlichen Thema zurückkommen, Jungs?", brummte Ray, der im

Moment einfach nicht die Kraft hatte, sich über mehr als Lexy Gedanken zu machen.

Sie war sein Ziel gewesen. Mehr als drei Jahre lang. Und jetzt war alles mit einem Schlag vorbei!

"Sorry", murmelten die beiden synchron und wirkten wenigsten zerknirscht.

"Nicht mal auf seine Freunde kann man sich verlassen, wenn man einfach nur eine Runde leiden will."

Chase schnappte sich die Fernbedienung und schaltete das Pay-TV an.

"Ein guter Porno mit einer Wahnsinnsfrau wird dich auf andere Gedanken bringen", schwor er und Dante nickte zustimmend.

Ray glaubte es nicht. Keine einzige andere Frau könnte Lexy aus seinen Gedanken vertreiben. Am liebsten hätte er die beiden rausgeschmissen, aber sie meinten es ja nur gut mit ihm.

LEXY

In ihren kuschligsten Jogginganzug gehüllt saß sie nun auf ihrem Sofa und löffelte ein Eis. Und das, obwohl sie noch nicht einmal ihre Tage hatte.

Es war alles Rays Schuld. Er hatte sie dazu gebracht, sich an ihn zu gewöhnen. Nur deshalb vermisste sie ihn jetzt so furchtbar!

Am Nachmittag hatte sie Thomas die ganze Geschichte erzählt.

Er hatte sie nur traurig angelächelt und über ihre Wange gestreichelt.

Doch das hatte genügt, um die Tränen in ihre Augen zu bringen. Einfach so, aus dem Nichts, obwohl es doch gar keinen Grund gab.

Natürlich musste sie ihre Abende jetzt wieder allein verbringen, aber das hatte sie schon immer getan. Es gab also überhaupt keinen Grund für Traurigkeit. Sie kehrte lediglich wieder zu alter Routine zurück.

Als es an ihrer Tür klopfte, kroch leise Hoffnung in ihr hoch, obwohl sie genau wusste, dass Ray nicht einfach so wieder bei ihr auftauchen würde.

Sie ging zur Tür und öffnete sie. Verblüfft sah sie in Thomas' vorsichtig lächelndes Gesicht.

"Thomas … was tust du hier?"

Er zuckte die Schultern und streichelte dann über ihre Wange. "Ich dachte, du könntest vielleicht ein wenig Gesellschaft gebrauchen."

Das allein genügte, um ihr die Tränen in die Augen zu treiben. Sie konnte es noch so sehr verdrängen, sie fühlte sich schrecklich, weil sie Ray verloren hatte.

Thomas trat in ihre Wohnung, schloss die Tür hinter sich und zog sie in seine Arme.

"Oh, Lexy, es tut mir so leid", murmelte er und streichelte langsam über ihren Rücken.

Ihr Herz schmerzte.

Sie wollte Ray, sie wollte, dass alles wieder so war wie vor den Ereignissen am letzten Abend.

Ihr Schluchzen kam unkontrolliert und ihre Tränen durchnässten Thomas' Hemd.

Bilder von Ray und ihr schossen durch ihren Kopf, schnürten ihr die Kehle zu und sorgten dafür, dass immer neue Tränen kamen und der Schmerz in ihrem Herzen nicht weniger wurde.

Warum nur vermisste sie ihn so sehr? Er war nur ein Freund, wenn auch ihr bester. So viele Tränen hatte sie noch nicht einmal wegen Brian vergossen.

Irgendwie hatte Ray es geschafft, sich verdammt tief in ihrem Herzen einzunisten. Sie hatte es nicht gewollt. Sie wollte ihr Herz niemandem mehr schenken. Der Schmerz, der unweigerlich folgte, war viel zu groß.

Und doch hatte Ray genau das geschafft.

Sie schmiegte sich enger an Thomas, genoss seine beruhigende Umarmung.

"Ich will ihn nicht vermissen", murmelte sie, als die Schluchzer endlich verebbt waren. Ihre Tränen flossen noch immer und ihre Stimme war rau.

Thomas schob sie zum Sofa, setzte sich und zog sie dann zurück an seine Brust.

"Wenn ich es richtig verstanden habe, hast *du* ihn doch von dir gestoßen", sagte er leise und hielt sie fest, als sie sich von ihm lösen wollte.

"Es war perfekt wie es war! Warum hat er es nicht einfach dabei belassen können?"

Sie spürte Thomas' Seufzen an ihrer Kopfhaut mehr, als dass sie es hörte.

"Weil es für ihn nun mal nicht genug war. Ich kann ihn gut verstehen, mir wäre das auch nicht genug."

"Warum? Wir hatten alles, was wir brauchten."

"Lexy … das ist nicht immer genug. Sex und Freundschaft sind die eine Seite, aber wenn man mehr Gefühle investiert, braucht man auch emotionale Sicherheit."

Sie schnaubte.

"Emotionale Sicherheit." Wenn man sein Herz verschenkte, war man niemals sicher!

"Ja, Lexy. Manchmal braucht man einfach die Gewissheit, dass der Mensch, dem man sich am verletzlichsten zeigt, zu einem gehört. Mit allem Drum und Dran. Dass man jederzeit zu ihm gehen kann und er mit allen Problemen zu einem kommt. Ich habe das bereits hinter mir und ich kann Ray gut verstehen. Und du … du solltest ihn eigentlich auch verstehen können … war es nicht genau das, was du von Brian wolltest?"

Augenblicklich versteifte sie sich. Mit dem Herzschmerz von zwei Männern konnte sie in diesem Moment bei Gott nicht umgehen.

Doch dann bemerkte sie, dass der Gedanke an Brian sie gar nicht mehr verletzte. Ray hatte ihn Stück für Stück aus ihrem Herz vertrieben und es völlig für sich eingenommen. Ihre Tränen begannen, wieder schneller zu fließen. Sie wollte ihn nicht lieben, wollte nicht noch mal durch diese Hölle gehen.

Thomas drückte sie fester an sich. Als hätte er ihre Gedanken gelesen, sagte er leise: "Dieses Mal ist es deine Entscheidung. Du kannst mit Ray glücklich sein, wenn du das willst."

"Was, wenn es nicht funktioniert?"

Wieder seufzte er schwer. "Es wird immer die Möglichkeit bestehen, dass etwas schiefläuft, aber du wirst es nie herausfinden, wenn du es nicht zulässt."

Eine Weile weinte sie stumme Tränen an seiner Brust. Ihre Gedanken kreisten um all die kleinen, schönen Momente, die sie mit Ray geteilt hatte.

"Ich liebe ihn", gestand sie schließlich flüsternd. Sowohl sich selbst als auch Thomas.

"Vielleicht solltest du es dann einfach riskieren."

"Was, wenn es zu spät ist?"

Thomas schob sie ein Stück von sich weg und hob ihr Kinn an, sodass sie ihm in die Augen sehen musste.

"Ist es nicht. Er liebt dich."

8 RISIKO

RAY

Widerwillig und eindeutig verkatert schleppte er sich am nächsten Tag zur Arbeit.

Um dem absoluten Horror der Dante-Chase-Aufmunterungskur zu entgehen, hatte er viel mehr getrunken als gut für ihn gewesen war.

Er war betrunken und sehr erleichtert gewesen, als die beiden nach dem zweiten Porno eingesehen hatten, dass das nicht funktionieren würde. Der Horrorstreifen The Killing Box war an diesem Abend eindeutig mehr nach seinem Geschmack.

Irgendwann während seines sechsten Bieres war er eingeschlafen und die Jungs hatten sich verzogen.

Das Klingeln seines Weckers hatte ihn geweckt. Sein Nacken tat von der Nacht auf dem Sofa weh und der Rest des Bieres hatte sich über ihn und die Couch verteilt.

Nach der Dusche stank er zwar nicht mehr nach dem Alkohol, wirklich besser fühlte er sich deswegen aber nicht.

"Hey Kumpel!", rief Chase ihm lächelnd entgegen. Chase sah eindeutig fitter aus, als er sich fühlte. Brummend nickte er Chase zu.

"Geht's dir besser?"

"Schlechter."

Dante runzelte die Stirn. "Ich dachte, wir hätten unsere Mission erledigt."

"Ihr habt mir zu meinem beschissenen Zustand noch einen Kater beschert. Vielen Dank."

Dante wollte zu einer Antwort ansetzen, verstummte aber dann. Ray wusste sofort warum, er spürte Lexys Anwesenheit bis in die letzte Pore.

Er wusste nicht, was er tun sollte, wollte sie nicht ansehen, wollte ihr Mitleid nicht.

Innerlich straffte er die Schultern. Er musste das hier irgendwie durchziehen. Sie würden auch in Zukunft zusammen arbeiten, also bestand keine Möglichkeit, ihr für den Rest seines Lebens aus dem Weg zu gehen. Er musste sich ihr stellen.

In dem Moment, als er sich zu ihr umwenden wollte, zog der entschlossene Mann in seinem Inneren den Schwanz ein.

Also wandte er sich, anstatt zu ihr, zu den Auftragsmappen. Scheinbar gedankenverloren blätterte er darin herum, ohne die Buchstaben, die dort standen, wahrzunehmen. Seine Haut begann zu prickeln, als sie neben ihn trat.

"Hey", flüsterte sie. Die Unsicherheit in ihrer Stimme versetzte ihm einen Stich ins Herz.

Er atmete tief durch.

"Hey Lexy." Seine Stimme war rau vor Schmerz. Sie so nah bei sich zu haben, aber nicht berühren zu dürfen, war beinahe unerträglich.

"Können wir …" Sie räusperte sich. "Können wir uns unterhalten … allein?"

In seinem Kopf schrien zwei Stimmen gleichzeitig ja und nein. Er wollte mit ihr allein sein, wollte sie anflehen, dass sie ihm eine Chance geben sollte. Gleichzeitig wollte er so weit wie möglich von ihr weglaufen, sich und sein geschundenes Herz in Sicherheit bringen.

Während er innerlich noch mit sich stritt, sagte sie: "Bitte, Ray."

So ängstlich und sanft ihre Stimme klang, hätte er alles für sie getan. Wahrscheinlich wäre er sogar von einer Brücke gesprungen, wenn sie ihn darum gebeten hätte.

"Klar. Besprechungsraum?", fragte er, weil er sich der Blicke seiner Freunde nur allzu bewusst war. Er wollte diesen Seelenstrip auf keinen Fall vor allen hinlegen.

Denn dass es darauf hinauslief, stand für ihn außer Frage. Seine Beziehung zu Lexy war ein äußerst heikles Thema.

"Danke", flüsterte sie und verließ dann vor ihm den Raum.

Er konnte nicht anders, als ihre perfekte Rückansicht zu betrachten. Die langen, blonden Haare, die in dem Pferdeschwanz von rechts nach links wippten. Die enge, schwarze Bluse, die ihre schmale Taille betonte. Ihr kleiner, knackiger Arsch in der hautengen Stoffhose.

Diese Frau war sein Traum und Albtraum zur gleichen Zeit.

Er schloss die Tür des Besprechungsraums hinter sich und suchte dann ihren Blick. Lexy war sichtlich nervös, kaute auf ihrer vollen Unterlippe und knetete ihre Hände.

Mit dem Rücken an die Tür lehnend wartete er auf ihre Worte.

"Ray, ich … es tut mir leid."

Augenblicklich krampfte sein Magen sich zusammen. Er wollte viel von ihr hören, dass sie ihn wollte oder noch besser liebte. Was er ganz bestimmt nicht hören wollte, waren Entschuldigungen und Mitleidsbekundungen.

"Wenn es das ist, worauf du hinaus willst, lass es, Lexy. Ich brauche dein Mitleid nicht!", knurrte er und wandte sich zum Gehen.

"Nein! Hör mir zu!"

Wut kochte in ihm auf. Musste sie ihn denn noch mehr quälen? Reichte es nicht, dass sie ihn ohne weiteres abserviert hatte?

"Dann rede. Hör auf mit diesen Entschuldigungen und rede endlich!"

Hörbar frustriert atmete sie aus und rieb sich über die Stirn. Dann lehnte sie sich gegen den Tisch, der in der Mitte des Raumes stand.

"Ich will dich nicht verlieren." Ihre Stimme war so leise, als könnte sie selbst nicht glauben, was sie da sagte.

Und Ray? Er traute sich nicht, daran zu glauben. Wenn er diese Hoffnung jetzt zuließ, würde sie ihn in Stücke reißen, wenn Lexy es sich anders überlegte.

Er ließ die Schultern fallen und griff nach der Türklinke.

"Das genügt nicht, Lexy. Es reicht einfach nicht."

"Verstehst du mich nicht? Ich habe mich in dich verliebt, Ray." Die Verzweiflung in ihrer Stimme ließ ihn zu ihr aufblicken. Der Schmerz in seinem Herzen und die Angst vor der Hoffnung, die in ihm aufkeimte, ließen ihn nur noch wütender werden.

"Und wann genau ist dir das aufgefallen? Vor zwei Tagen hast du das noch mit keinem Wort erwähnt!", schnauzte er und fuhr sich dann aufgebracht mit den Händen durch die Haare.

"Ich kann das nicht, Lexy. Du kannst mich nicht einmal von dir stoßen und im nächsten Moment den Kurs um 180 Grad wenden."

Die Tränen, die daraufhin in ihre Augen traten, brachen ihm beinahe das Herz.

In wenigen Schritten war er bei ihr. "Hör auf. Bitte. Es tut mir leid, Babe."

Mit dem Daumen strich er ihr die einzelne Träne von der Wange.

"Ich habe Angst, Ray. Ich habe mich abgekapselt, weil ich Angst habe. Verstehst du das nicht? Ich war wirklich in Brian verliebt und er hat mir das Herz gebrochen. Ich wollte das nie wieder erleben", gestand sie mit brüchiger Stimme.

Er verstand sie. Sehr gut sogar. Nach dem, was er in den letzten beiden Tagen wegen ihr durchgemacht hatte, verstand er sie voll und ganz. Hätte er die Wahl, würde er auch versuchen, alles und jeden von sich fernzuhalten, um sein Herz zu beschützen.

"Aber ich bin nicht *er*, Lexy. Für dich bin ich besser, als er es jemals gewesen ist. Ich will dich. Ich will dich ganz. Nicht nur diese verdammte Affäre. Ich will dich für mich haben, mit allem Drum und Dran … für immer."

Lexys Unterlippe begann zu beben und immer mehr Tränen traten aus ihren Augenwinkeln.

"Du gibst mir noch eine Chance?" Ihre Hände griffen nach seinen Unterarmen, hielten ihn fest, als hätte sie Angst, dass er jeden Moment verschwinden könnte.

Ray schlang die Arme um ihre Mitte und zog sie fest an sich.

"Ich liebe dich, Lexy", gab er schlicht zurück und küsste sie auf ihren Scheitel.

Ein Schluchzer erschütterte ihren Körper, dann legte sie ihre Arme um seinen Hals.

"Ich liebe dich auch."

LEXY

Eine ganze Zeitlang standen sie einfach nur da, hielten sich fest und küssten sich immer wieder unendlich zärtlich.

Dann unterbrach ein Klopfen an der Tür des Besprechungsraumes die Stille in ihrer kleinen, perfekten Blase.

"Ich störe wirklich nur ungern, aber wir müssen los, Lexy", sagte Thomas durch die geschlossene Tür hindurch.

Ray räusperte sich. "Einen Moment noch, Thomas."

Lexy verbarg ihr Gesicht an seiner Brust, atmete seinen unvergleichlichen Duft tief ein und genoss einen letzten Augenblick lang seine Hände auf ihrem Rücken.

"Ich lasse dich nur ungern gehen", murmelte er in ihr Haar.

Sie legte den Kopf in den Nacken und sah zu ihm auf. "Sehen wir uns heute Abend?"

Das Lächeln, das daraufhin auf seinem Gesicht erschien, war unvergleichlich.

"Nichts könnte mich davon abhalten." Ein letztes Mal beugte er sich zu ihr herab und küsste sie federleicht auf die Lippen.

Dann lösten sie sich langsam voneinander und Lexy ging zur Tür.

Ihr Körper kribbelte von seinen Berührungen, ihr Herz schlug schnell und Schmetterlinge in ihrem Bauch sorgten dafür, dass sie ihn vermisste, obwohl sie noch nicht einmal den Raum verlassen hatte.

Sie lächelte ihn noch einmal über die Schulter hinweg an, dann schlüpfte sie aus der Tür und lehnte sich von außen gegen das kühle Holz.

Mit geschlossenen Augen atmete sie tief durch. Ihre Knie waren weich vor Erleichterung und Liebe. Sie konnte kaum glauben, dass das gerade wirklich passiert war.

"Alles in Ordnung?" Thomas' weiche Stimme riss sie aus dem Wirrwarr an Gefühlen, das in ihr herrschte.

Sie öffnete die Augen und lächelte ihn an. "Mehr als das."

"Das ist gut, Kleines. Wir alle haben es verdient, glücklich zu werden." Dann legte er ihr einen Arm um die Schultern und zog sie den Gang entlang zur Tiefgarage.

"Danke für alles, Thomas."

"Es gibt nichts zu danken. Wir müssen ja nicht beide dieselben Fehler machen." Er zwinkerte ihr zu und öffnete die schwere Stahltür.

Die Schwere, die in seinen Worten mitschwang, drang sogar durch den rosa Nebel, den die Aussprache mit Ray geschaffen hatte.

Sie sah ihn vorsichtig an, unsicher, ob sie ihn darauf ansprechen sollte, doch Thomas wechselte bereits das Thema.

"Wir haben einen langen Tag vor uns", sagte er, steuerte auf eine schwarze Audi Limousine zu und entriegelte sie mit der Fernbedienung.

"Ich habe noch nicht einmal in den Plan gesehen", gestand sie und verzog das Gesicht. Für nichts außer Ray war noch Platz in ihrem Kopf.

"Wir müssen zwei Vertreter von Perterson Investments vom Flughafen abholen. Erst erfolgt eine Besichtigung in einer Niederlassung von NetArt Solution, dann müssen wir zwei Bauplätze ansteuern und sie anschließend zu einem Meeting bei JB-Industrials fahren."

Lexy stöhnte. Sie hasste diese Babysitting-Aufträge.

"Ich weiß. Aber denk daran, wir könnten auch wie Brian den ganzen Tag darauf warten, dass Sky irgendwo hin will", sagte er lachend, verstummte daraufhin aber sofort. "Ähm ... ja falsches Thema", murmelte er dann.

Über das Wagendach hinweg lächelte sie ihn an. "Nein, du hast recht. Und Brian ... es ist okay, Thomas." Es stimmte. Der Gedanke an Brian verletzte sie nicht länger.

Ray hatte ihn aus ihrem Herz verdrängt. Sie war glücklicher als jemals zuvor und konnte gut verstehen, wie es Brian mit Amy ging.

Sie stiegen in den Wagen und Thomas lenkte die Limousine aus der Tiefgarage. Dann griff er nach ihrer Hand und drückte sie sanft.

"Ich freue mich wirklich für dich."

"Lass uns diesen Tag einfach so schnell wie möglich hinter uns bringen. Ich vermisse Ray jetzt schon."

Thomas lachte befreit auf. "Keine Details bitte!"

Lexy stimmte in sein Lachen ein und drehte dann das Radio lauter.

It's a beautiful day schallte aus den Lautsprechern und passte perfekt zu ihrer momentanen Stimmung.

9 VEREINT

RAY

Der Tag im Bereitschaftsdienst hatte sich nahezu endlos hingezogen. Er wäre eintausend Mal lieber mit Lexy zum Babysitting-Auftrag gefahren.

Pünktlich zum Schichtende rannte er fast aus der Zentrale zu seinem Wagen. Ohne Umwege fuhr er zu Lexys Wohnung und wartete ungeduldig auf den Summer.

Zwei Stufen auf einmal nehmend rannte er die Treppen nach oben. Lexy stand bereits im Türrahmen. In wenigen Schritten war er bei ihr und riss sie in seine Arme. Seine Umarmung erwiderte sie genauso heftig und klammerte sich an ihn.

"Ich hab dich vermisst", murmelte er und schob sie langsam rückwärts.

"Jede verdammte Minute", gab sie zurück, warf die Tür zu und küsste ihn leidenschaftlich.

Ihre Lippen waren so warm und weich. Obwohl es erst wenige Stunden her war, kam es ihm so vor, als hätte er sie seit Ewigkeiten nicht mehr gespürt.

Ray umfasste ihren Hintern und drückte ihn fest. Er wollte in ihr sein, sie ausfüllen und sie zu der Seinen machen.

Lexy verstand sofort, hob ihre Beine und schlang sie um seine Mitte, ohne den Kuss zu unterbrechen.

Zwei Schritte, dann presste er sie gegen die nächste Wand.

Gleichzeitig stöhnten sie auf, als Rays Erektion sich gegen ihre Mitte schmiegte. Er wollte sie, jetzt sofort. Er griff mit einer Hand nach ihrer Bluse, wollte die Knöpfe öffnen, riss sie aber in seiner Ungeduld ab.

Lexy lachte an seinem Ohr, stöhnte aber gleich darauf, als er einen ihrer harten Nippel in seinen Mund saugte.

"Gott, Ray ... das ist so gut", keuchte sie und krallte ihre Finger in seine Kopfhaut.

Stumm verfluchte er die Hose, die zu ihrer Arbeitskleidung gehörte. Würde sie einen Rock tragen, wäre er jetzt schon in ihr, würde sich schnell und heftig in ihr bewegen, bis sie beide vor Lust schrien.

"Ins Bett", brummte er, schloss seine Arme fester um sie und legte die kurze Strecke zurück.

Er ließ sie auf das Doppelbett fallen und zog sich sofort das Hemd über den Kopf. Sie verschwendeten keine Zeit. Die Blicke fest ineinander verschränkt und vor Begierde glühend entledigten sie sich schnell ihrer Kleidung.

Endlich vollständig nackt stand er schwer atmend vor ihr. Lexy lächelte zu ihm auf und legte ihre zarten Hände dann federleicht auf seine Hüften.

Sie beugte sich nach vorn und strich mit ihrer Zunge die v-förmigen Muskelstränge entlang, die an seiner Leiste verliefen.

Kurz vor seinem Schwanz hielt sie inne und wiederholte das Spiel auf der anderen Seite. Unwillkürlich griff seine Hand in ihre Haare, hielt sie fest und versuchte sie zu seinem bereits sehnsuchtsvoll zuckenden Schwanz zu dirigieren.

Ihr warmer Atem strich über die feuchte Spitze, als sie leise auflachte.

"So ungeduldig?", murmelte sie und fuhr dann mit ihrer Zunge von der Wurzel bis ganz nach oben.

Ehe er antworten konnte, nahm sie ihn bereits tief in sich auf. Laut aufstöhnend warf er den Kopf in den Nacken und schob seine Hüfte nach vorne, um noch weiter in ihren heißen Mund einzudringen.

Saugend und leckend trieb sie ihn Stück für Stück seinem Höhepunkt entgegen. Sein Hoden spannte und seine Hände verkrampften sich in ihren Haaren.

Dann entzog sie sich ihm. Hin- und hergerissen zwischen dem Wunsch, endlich zu kommen, und dem Bedürfnis, sich tief in ihrer heißen, nassen Pussy zu vergraben, beobachtete er, wie sie sich auf dem Bett ausstreckte.

Ihre Arme lagen locker über ihrem Kopf. Das blonde Haar lockte sich leicht um ihre Schultern. Ihre vollen Brüste hoben und senkten sich mit jedem Atemzug.

Das Piercing in ihrem Bauchnabel glitzerte im schwächer werdenden Licht des Abends. Dann spreizte sie ihre Beine und gab den Blick auf ihre feuchte Spalte frei.

Ray stöhnte bei dem Gedanken, endlich tief in sie zu stoßen. Er kniete sich zwischen ihre Beine, stützte sich mit einer Hand neben ihrem Kopf ab und küsste sie leidenschaftlich. Seine zweite Hand wanderte über ihre weiche Haut bis hin zu ihrer Pussy.

Er löste seine Lippen von ihren und sah in ihre vor Lust trüben Augen. "Du bist unglaublich schön", flüsterte er und schob zwei seiner Finger in sie.

Ihre Augen schlossen sich und sie warf stöhnend den Kopf in den Nacken, während ihr Oberkörper sich ihm entgegenbäumte.

Wenige Male konnte er seine Finger in ihr bewegen, dann schob sie seine Hand beiseite, griff nach seinem Schwanz und drückte ihn in sich hinein.

Dann war es mit seiner Selbstbeherrschung zu Ende.

Seine Muskeln spannten sich an, schoben seinen harten Schwanz tiefer in ihre heiße Enge. Sofort schlang sie ihre Beine um seine Hüften, nahm ihn noch weiter in sich auf und kam ihm Stoß um Stoß entgegen.

Ihre Bewegungen waren perfekt aufeinander abgestimmt, ihre Körper so nah, dass ihre Haut mit jedem Stoß über die des anderen rieb.

Lexys Keuchen klang laut an seinem Ohr, während er sich immer schneller und schneller in ihr bewegte. Alles in ihm zog sich zusammen und er versuchte, seinen Orgasmus mit aller Kraft zurückzuhalten. Sie sollte mit ihm kommen.

Als sie um seinen Schwanz herum zu zucken begann, spürte er das heiße Brennen seines aufsteigenden Orgasmus'.

Er senkte seine Lippen an ihren Hals und biss in die weiche Haut, als ihr Körper unter ihm zu zittern begann.

Sie stöhnte seinen Namen und er ergoss sich keuchend in ihr.

Schwer atmend rollte er sich mit ihr zusammen auf die Seite, genoss die Nachbeben ihres Orgasmus', die er noch immer um seinen Schwanz spüren konnte.

"Verdammt, Baby", murmelte er, als er wieder genügend Luft zum Sprechen bekam.

"Mhm …" Er hörte das Lächeln in ihrer Stimme und musste ebenfalls lächeln. Lexy war die Frau seiner Träume.

Seine Hand streichelte träge über ihren Rücken und er genoss es, jeden Zentimeter ihrer Haut an seiner zu fühlen.

"Das ist schön", flüsterte sie eine ganze Zeit später.

"Mhm ...", wiederholte er ihr Gemurmel.

Sie legte den Kopf in den Nacken und küsste ihn sanft aufs Kinn. "Bleibst du?"

Die Unsicherheit in ihrer Stimme versetzte ihm einen Stich.

"Nichts könnte mich davon abhalten", gab er ernst zurück und küsste sie dann zärtlich.

"Ich liebe dich, Ray", sagte sie leise, zufrieden und ein klein wenig schläfrig.

"Ich liebe dich auch, Baby." Sie schmiegte sich noch fester an ihn und seufzte wohlig.

"Lass uns schlafen, damit ich dich später mit einer zweiten Runde wecken kann", flüsterte sie schon auf dem Weg in den Schlaf.

Ja, damit konnte er sich durchaus anfreunden. Er lauschte ihren Atemzügen, die schnell immer ruhiger wurden.

Ganz konnte er noch immer nicht glauben, dass die Frau, die ihn drei Jahre lang hatte warten lassen, nun endlich ganz ihm gehörte. Aber er würde jeden einzelnen Moment dazu nutzen, ihr zu beweisen, dass es die richtige Entscheidung gewesen war. Er würde ihr beweisen, dass er sie glücklich machen konnte und er sie über alles liebte.

Irgendwann würde dieses kleine bisschen Unsicherheit aus ihren Zügen weichen und er könnte sich endlich sicher sein, dass sie für immer bei ihm bleiben würde.

Sein eigenes, kleines, perfektes Happyend mit der Frau seiner Träume an seiner Seite.

Lächelnd schlief er schließlich ebenfalls ein.

10 VERRATEN

LEXY

Zwei Wochen lang wachte sie bereits jeden Morgen zusammen mit Ray auf. Jeden Morgen staunte sie aufs Neue, wie gut es sich anfühlte, wenn dieser große, heiße Körper sich wie eine Schlingpflanze um sie wickelte.

Sie liebte das verärgerte Brummen, wenn sie sich streckte, um den Wecker auszuschalten, und die Art, wie seine Arme sich fester um sie spannten, wenn sie versuchte, aus dem Bett zu kriechen.

"Wohin willst du schon wieder?", murmelte er, vergrub seine Nase in ihrem Nacken und atmete tief ein, wie er es jeden Morgen tat.

"Guten Morgen, Tiger. Zum Arbeiten, wie jeden Tag", gab sie lächelnd zurück.

Er brummte etwas Unverständliches, zog sie noch näher an sich und rollte sich halb auf sie, um sie vom Aufstehen abzuhalten.

Sie lachte und wand sich unter ihm, bis er sich ganz auf sie legte und seine Morgenlatte an ihre Pospalte drückte.

"Wenn wir jetzt gleich aufstehen, haben wir noch kurz Zeit, um zusammen zu duschen", raunte sie verführerisch.

Seine Zähne knabberten an ihrer Schulter, dann rollte er sich von ihr, gab ihr einen Klaps auf den Po und stand auf.

"Hopp, unter die Dusche, Weib", sagte er verschlafen grinsend und steuerte nackt wie Gott ihn schuf aufs Badezimmer zu.

RAY

Er könnte sich durchaus daran gewöhnen, jeden Morgen Sex unter der Dusche zu haben. Das war definitiv der zweitbeste Start in den Tag.

Nur die Wochenenden gefielen ihm besser, wenn er länger schlafen konnte und den Sex schon vor der Dusche im Bett bekam.

Woran er sich aber niemals gewöhnen würde, waren die ätzenden Arbeitstage, an denen er keinen gemeinsamen Auftrag mit Lexy hatte.

Frustriert starrte er auf die Auftragsmappe. Lexy würde wieder einmal mit Thomas unterwegs sein. Er selbst zusammen mit Dante.

Dass keine ausführliche Arbeitsanweisung zu dieser Auftragsnummer in der Mappe war, bedeutete einen Top-Secret-Auftrag.

"Bis später, Babe", flüsterte er, küsste sie flüchtig auf die Lippen und nickte dann Dante zu, der bereits an der Tür stand.

Gemeinsam gingen sie in den Besprechungsraum, in dem Mr. Moreno, Dario und Ash bereits auf sie warteten.

"Guten Morgen zusammen. Wir sind spät dran, daher in aller Kürze. Miss Thompsen von Perterson Investments hat uns kontaktiert. Bei ihrem letzten Aufenthalt hier hat sie mitbekommen, wie ihr Kollege sich mit einem ihr unbekannten Mann Mitte 30 getroffen hatte. Gestern hat sie Unterlagen gefunden, die belastendes Material beinhalten, das uns weitere Hinweise auf die Anschlagsreihe auf JB-Industrials liefern könnte." Dario unterbrach sich und suchte etwas in seinen Unterlagen.

Dante wirkte ernst, was Ray gut verstehen konnte. Auch seine eigenen Gedanken überschlugen sich. Vielleicht fanden sie endlich das fehlende Puzzleteil und konnten diesem Gespenst, das ständig in jedem Raum zu sein schien, schließlich ein Ende setzen. Gespannt wartete er auf Darios nächste Worte, als dieser sich räusperte.

"Miss Thompsen hat heimlich Kopien der Unterlagen angefertigt und wird sie uns persönlich übermitteln, um keine Spuren zurückzulassen, die zu ihr führen könnten."

Alle im Raum nickten zustimmend.

"Da ihr Kollege uns drei, Lexy und Thomas bereits kennt, haben wir uns für euch entschieden. Dante wird versteckt im Auto warten, während Ray sich mit Miss Thompsen in Netties Diner trifft, als wärt ihr für einen Kaffee dort verabredet", fuhr Ash mit den Ausführungen fort.

Mr. Moreno legte ihm ein Bild von Miss Thompsen vor, um ihm zu zeigen, nach wem er Ausschau halten musste. Dann folgten noch einige kleinere Anweisungen zum Vorgehen.

"Wir sehen uns in spätestens drei Stunden hier wieder", schloss Dario die Besprechung ab.

Alle nickten sich ernst zu, dann verließen sie den Raum in der Hoffnung, endlich den richtigen Hinweis zu bekommen. Aus seinem Spind holte Ray sich Jeans und T-Shirt, um in dem ungezwungenen Diner nicht aufzufallen. Dann ging er zusammen mit Dante in die Tiefgarage.

Dante parkte den Wagen am hinteren Parkplatzende vor Netties Diner.

"Okay. Ich warte hier. Sollte irgendetwas Verdächtiges sein, rufe ich dich an. Halte dein Handy also bereit."

"Klar. Wir sehen uns in einer halben Stunde."

Dante nickte ihm zu und Ray stieg aus dem Wagen. Auf dem Weg zum Diner hielt er den Kopf gesenkt.

Miss Thompsen saß nicht an einem Tisch vor den großen Fenstern. Gut, so würden sie die Informationen noch unauffälliger austauschen können.

Er betrat das Restaurant durch die Glastür und sah sich um. Er entdeckte sie in einer der Sitznischen am Ende des Lokals.

Ruhig ging er zu ihr und ließ sich dann freundlich lächelnd ihr gegenüber nieder.

"Miss Thompsen, mein Name ist Ray Porter. Schön, dass Sie es einrichten konnten."

Sie lächelte und streckte ihm eine Hand entgegen. "Freut mich Sie kennenzulernen, Mr. Porter."

Sie wirkte entspannt. Nur der gehetzte Ausdruck in ihren Augen und das minimale Zittern ihrer Hand verrieten sie.

Würde er ihr nicht direkt gegenüber sitzen, hätte er nichts davon mitbekommen. Sie wirkte wie jemand, der einfach ungezwungen einen Kaffee mit einem Bekannten trank.

"Ich habe alles dabei." Mit ihrem Ellenbogen schob sie ihm eine dünne, schwarze Mappe zu. "Es ist nicht allzu viel und auch keine Informationen, mit denen ich etwas anfangen könnte, aber Ihnen sagt das alles vielleicht mehr."

Ray nickte und beugte sich ein wenig näher zu ihr. "Können Sie mir sagen, wie der Mann ausgesehen hat, mit dem sich Ihr Kollege hier in Boston getroffen hat?"

Ihr Blick schweifte einmal kurz durch den Raum, dann lehnte sie ihre Ellenbogen auf den Tisch, beugte sich ebenfalls nach vorn und stütze ihr Kinn in den Händen ab.

Ihr Lächeln wäre glaubwürdig gewesen, wenn es ihre Augen erreicht hätte.

"Er war groß, bestimmt einen Meter neunzig. Breit wie ein Türsteher. Lateinamerikaner, kurzes schwarzes Haar und eine breite Nase", sagte sie mit leiser Stimme.

LEXY

"Ich springe schnell rein und hole uns die Donuts, dann können wir sofort weiter", sagte sie gut gelaunt zu Thomas und öffnete die Wagentür.

Für den bevorstehenden Babysitting-Job brauchten sie beide ein wenig Nervennahrung von Nettis Diner.

Thomas nickte und steckte seine Nase sofort in sein iPhone.

Sie war noch keine zehn Schritte durch den Laden gegangen, als sie abrupt innehielt. Direkt vor ihrer Nase in einer der kleinen, kuscheligen Sitznischen saß Ray.

Ihr Ray zusammen mit einer brünetten, schönen Frau, die ihr irgendwie bekannt vorkam.

Er kannte sie, wie es aussah, auch, so vertraut wie die beiden sich zueinander gebeugt hatten. Sie lächelte ihn an und Ray erwiderte das Lächeln.

Erst jetzt registrierte Lexy, dass er Freizeitkleidung trug, anstatt des normalen schwarzen Anzugs.

Was zum Teufel ging hier vor? Hatte er wirklich nach zwei Wochen schon genug von ihr und traf sich hinter ihrem Rücken mit einer anderen?

Entsetzen überkam sie, als sie sah, wie Ray sich noch näher zu der Frau beugte, um ihre geflüsterten Worte zu verstehen.

Völlig automatisch setzten sich ihre Beine in Bewegung. Sie steuerte direkt auf den Tisch zu.

"Ist das dein Ernst?", fauchte sie gefährlich leise, als sie bei den beiden ankam. Ray sah sie mit großen, vor Entsetzen geweiteten Augen an. "Lexy?"

"Lexy", äffte sie ihn nach. "Ist das dein verdammter Ernst? Hältst du es noch nicht einmal zwei Wochen mit mir zusammen aus?"

Er stand auf und versuchte nach ihrem Arm zu greifen, doch sie wich ihm schnell aus. Seine Berührung war das letzte, was sie jetzt wollte.

"Es ist nicht das, wonach es aussieht, Lexy!", sagte er leise durch zusammengebissene Zähne.

"Was denn dann?" Blind vor Wut stieß sie seine Hand beiseite.

"Später. Ich erkläre es dir später!" Mit einer

verzweifelten Geste fuhr er sich durch die Haare.

Fassungslos starrte sie ihn an. "Bist du verrückt geworden?"

"Es ist nicht, wonach es aussieht. Bitte!" Sein Blick huschte durch den Raum, als suche er nach einem Ausweg.

Sie funkelte ihn wütend an. "Du hast es mir versprochen, Ray! Dass du besser bist als Brian! Und jetzt? Das hier?" Angewidert deutete sie auf die Frau, die sie eindeutig unbehaglich beobachtete. "Schau uns an! Wir haben nichts außer einer verlorenen Freundschaft!"

"Lexy, bitte!"

Aber sie hörte ihm nicht zu, ohne einen weiteren Moment zu warten, rannte sie aus dem Lokal. Sie hatte einen Job zu erledigen. Sie konnte sich jetzt nicht damit auseinandersetzen, ohne zusammenzubrechen.

Ihre Atmung kam jetzt schon hektisch und flach, ihr Herz krampfte sich zusammen und ihre Kehle war wie zugeschnürt. Sie drängte die Gedanken mit aller Kraft zurück. Sie musste hier raus. Einfach weit weg und diesen Verrat tief in sich vergraben.

Als sie den Parkplatz überquerte, griff eine Hand nach ihrem Ellenbogen. Reflexartig griff sie nach dem Arm und verdrehte ihm mit Kraft der Hebelwirkung so, dass ihr Angreifer vor ihr auf die Knie ging.

Der Schmerzensschrei lenkte ihren Blick nach unten.

Dante.

"Verdammte Scheiße! Bist du verrückt geworden?", fluchte er.

"Bist du hier, um ihn zu decken?", fauchte sie, ließ seine Hand los und steuerte weiter auf den Wagen zu.

"Lexy warte!", rief er ihr nach, aber sie hörte seine Schritte nicht.

Ohne einen Blick zurück stieg sie in den Wagen. "Fahr!", wies sie Thomas an, der verwundert von seinem Handy aufsah.

"Was? Wo sind die ..."

"Fahr einfach verdammt noch mal!", schrie sie beinahe hysterisch.

Thomas warf sofort den Motor an und fuhr vom Parkplatz. Als sie den Blick noch einmal zum Diner schweifen ließ, sah sie Dante noch immer an der gleichen Stelle am Boden sitzen.

RAY

Sein Magen war ein einziger Klumpen. Die Panik vernebelte sein Gehirn und machte es ihm beinahe unmöglich, seinen Job zu Ende zu bringen.

Sie konnte doch nicht wirklich denken, dass er sie hintergehen würde! Er hatte so lange um sie gekämpft, er würde sie niemals aufgeben.

Mit letzter Kraft sammelte er all die Informationen, die Miss Thompsen ihm geben konnte, dann verabschiedete er sich knapp.

Als er nach draußen kam, stand Dante in der Mitte des Parkplatzes.

"Wo ist sie?", rief Ray ihm zu, in der Hoffnung, dass Dante ihr alles hatte erklären können.

Er hätte sie so gern aufgehalten, aber wie zum Teufel hätte er das machen sollen? Er konnte dieses Treffen nicht einfach auffliegen lassen, nur weil Lexy eifersüchtig war.

Ihr Gefauche hatte die Aufmerksamkeit des ganzen Lokals auf sie gelenkt.

"Weg." Dante rührte sich nicht von der Stelle.

"Verdammte Scheiße! Komm, ich muss sie finden." Noch immer rührte er sich nicht von der Stelle, sondern lachte nur trocken auf. "Ich würde hier verdammt noch mal nicht so herumstehen, wenn ich eine andere Wahl hätte!"

Erst jetzt fiel Ray auf, dass Dante nur ein Bein belastete. Mit gerunzelter Stirn ging er zu ihm.

"Was ist passiert?"

"Deine verrückte Schlampe hat mich zu Boden geworfen."

"Nenn sie nicht so!", knurrte Ray und ging neben Dante, damit dieser sich auf seiner Schulter abstützen konnte.

"Wie würdest du es sonst bezeichnen? Ich bin sofort losgelaufen, als ich gesehen habe, dass sie da drin ein Drama veranstaltet und wollte sie hier abfangen und es ihr erklären."

Sein Magen krampfte sich noch mehr zusammen.

Es sah nicht so aus, als hätte sie Dantes Erklärung geglaubt.

"Was hat sie gesagt?", drängte er.

"Nichts. Ich wollte sie am Ellenbogen aufhalten und ehe ich ein Wort sagen konnte, hat sie mich bereits zu Boden geworfen."

"Verdammt!"

"Kannst du laut sagen." Dann wurde Dantes Stimme unsicher. "Irgendwas hat geknackt … im Knie."

"Scheiße. Ins Krankenhaus?" Ray war sich sicher, dass Dante sich nicht von ihm stützen lassen würde, wenn es anders ginge.

"Nein. Zurück zur Arbeit. Das Bein kann warten. Hast du etwas herausgefunden?"

"Vielleicht … lass uns zurückfahren." Auch wenn er nichts lieber wollte, als sofort loszufahren und Lexy zu suchen, um ihr alles zu erklären. So würde er das hier bestimmt nicht enden lassen!

LEXY

"Beruhige dich, Lexy. Es war bestimmt nur ein Missverständnis", sagte Thomas und drückte sie fest an sich.

Nachdem sie in seinem Auto in Tränen ausgebrochen war, hatte er kurzerhand angehalten und sie in seine Arme gezogen. Es hatte eine Weile gedauert, dann hatte sie ihm alles erzählt.

"Was soll daran ein Missverständnis sein?", fragte sie und biss sich auf die Lippe, um sich selbst von ihrem schmerzenden Herz abzulenken.

"Überleg doch mal. Warum hätte er dort sein sollen? Während seiner Arbeitszeit? Mit Dante? Mit dem er heute übrigens einen nicht näher spezifizierten Auftrag hatte."

Zwischen all der Wut, dem Schmerz und der Verzweiflung funktionierte ihr Kopf nicht richtig. Alles was sie tun konnte, war hilflos mit den Schultern zu zucken.

"Vielleicht war es ein Auftrag, Lexy. Hör dir erst mal an, was er zu sagen hat."

"Warum hätte er so nah mit ihr zusammensitzen sollen?"

Thomas seufzte schwer und wischte ihr die Tränen von der Wange. "Ich weiß es nicht. Tarnung? Informationen, die sonst niemand mitbekommen soll? Du solltest *ihm* diese Fragen stellen, nicht mir", gab er sanft zurück.

Er hatte recht. Thomas konnte ihr nicht die Antworten geben, die sie brauchte.

Und weil sie Dante nicht hatte ausreden lassen, würde sie warten müssen, bis sie ihren eigenen Auftrag erledigt hatte.

Sie atmete tief durch und beschwor sich selbst, nicht vom Schlimmsten auszugehen. Ray würde ihr das niemals antun!

RAY

"Können wir Bilder von einer der Überwachungskameras aus diesem Hotel organisieren?", fragte Mr. Moreno, nachdem Ray alle Informationen an seine Vorgesetzten weitergeleitet hatte.

"Ich kümmere mich sofort darum", antwortete Ash und verließ bereits den Raum.

"Ray, du bringst Dante ins Krankenhaus." Zuerst hatten sie versucht, Lexy mit einer Ausrede herauszuhalten, aber Dario hatte ihnen kein Wort geglaubt. Schließlich mussten sie doch mit der ganzen Wahrheit herausrücken.

Es gab eine Menge Gefluche und einen enormen Anschiss, weil Ray ihre Beziehung nicht gemeldet hatte.

Er hatte es bewusst verschwiegen, weil sie ab sofort keine Aufträge mehr als Team absolvieren durften.

"Danach habt ihr beide Feierabend. Du kannst mit Lexy über den Auftrag sprechen, die Ergebnisse sind tabu", beschied Dario und wandte sich dann zusammen mit Mr. Moreno ebenfalls zum Gehen.

Dante stand auf und humpelte zur Tür.

"Warte, ich helfe dir!", sagte Ray sofort.

"Ich bin kein Krüppel", knurrte Dante und setzte weiter einen Fuß vor den anderen.

"Nein, nur ein sturer Vollidiot! Vielleicht machst

du es noch schlimmer, wenn du das Bein jetzt belastest!"

Dante versteifte sich, wartete aber und ließ sich helfen. Ray hoffte inständig, dass es schlimmer aussah, als es wirklich war.

LEXY

Gegen zehn Uhr abends gab Lexy die Hoffnung endgültig auf. Ray war weder aufgetaucht, noch hatte er auf ihre Nachrichten und Anrufe reagiert.

Schluchzend rollte sie sich auf dem Sofa zusammen. Wie hatte sie sich nur so in ihm täuschen können?

Den ganzen Tag über hatte sie ihre Gefühle hinter die Hoffnung zurückgedrängt. Jetzt brach alles aus ihr hervor.

Ray hatte ihr das Herz aus der Brust gerissen und in eintausend Teilchen zerfetzt. Das, was sie gefühlt hatte, als Brian sich für Amy entschied, kam nicht annähernd an die Verzweiflung heran, die sie in diesem Moment spürte.

Es klopfte an ihrer Tür und Lexy überlegte kurzfristig, sich einfach nicht zu melden.

Da sie Thomas‘ Anrufe ignoriert hatte, wollte er jetzt bestimmt nach ihr sehen.

Es klopfte erneut. Lauter dieses Mal. Also schleppte sie sich doch zur Tür und öffnete sie.

"Ray?", fragte sie unter Tränen.

Er sah erschöpft und wirklich mitgenommen aus.

"Bitte, lass es mich dir erklären, Baby", sagte er rau und streckte ihr eine Hand entgegen.

"Wo warst du so lange?" Er hatte noch immer dieselbe Kleidung wie am Mittag an.

"Im Krankenhaus. Lass mich rein, Lexy. Ich kann dir alles erklären."

Sie wischte sich die Tränen von der Wange und trat einen Schritt zur Seite. Das war es, was sie wollte, eine Erklärung für all den Schmerz.

Sie schloss die Tür und wandte sich ihm zu. Sofort streckte er die Arme nach ihr aus, fuhr sich, als sie ihm auswich, in einer verzweifelten Geste durch die Haare.

"Es war ein Auftrag, Babe. Mehr nicht. Sie ist eine Informantin von Perterson Investments, du kennst sie."

Lexy nickte vorsichtig. Jetzt wo er es sagte, erinnerte sie sich an die Frau und den Mann, die sie zusammen mit Thomas vor einigen Wochen zu den Terminen gefahren hatte.

"Es geht um die Anschläge. Dieser Mann hängt da mit drin und sie hat uns Unterlagen übergeben, die sie heimlich von ihm kopiert hatte."

Der Druck auf ihrem Herzen wurde um ein Vielfaches weniger.

Sie hatte sich nicht in ihm getäuscht. Er würde sie nicht betrügen. Tränen der Erleichterung stiegen in ihre Augen.

Dass er die Wahrheit sagte, stand außer Zweifel. Sie könnte sich das hier jederzeit von Ash bestätigen lassen.

Nur warum kam er dann erst jetzt?

"Wo warst du danach?"

Als er dieses Mal die Hand ausstreckte, um ihr die Tränen von den Wangen zu wischen, wich sie nicht zurück.

Sie sah die Erleichterung in seinen Augen, erkannte, wie sehr auch er gelitten hatte.

"Ich musste den Auftrag beenden und dann mit Dante ins Krankenhaus."

Bei Dantes Namen zuckte sie zusammen. "Dante?", fragte sie vorsichtig. Sie wollte die Antwort nicht wissen.

"Lexy … ich" Er brach ab und zog sie so schnell in seine Arme, dass sie keine Zeit zu reagieren hatte. "Mein Gott, es tut mir alles so leid. Ich würde dir das niemals antun", sagte er mit zittriger Stimme.

Sie wusste es, sie glaubte ihm. Nicht Ray.

Sie schlang ihre Arme um seine Mitte und drücke ihn fest an sich. "Es tut mir leid, dass ich dir nicht vertraut habe."

Er zog sich ein Stück von ihr zurück, nahm ihr Gesicht in beide Hände und küsste sie bittersüß, mit all der aufgestauten Verzweiflung auf die Lippen.

"Ich liebe dich, Lexy. Tu mir das nie wieder an. Lass mich nicht einfach so stehen. Ich konnte es kaum ertragen."

"Ich habe dir geschrieben, dich angerufen … ich dachte … du hast dich nicht gemeldet …"

"Mein Handy liegt noch in der Zentrale. Ich war mit Dante im Krankenhaus, ich wusste nicht … ich bin fast gestorben vor Angst, dass du mich verlässt." Seine Stimme brach.

"Ich will nicht ohne dich sein. Ich liebe dich, Ray, sonst hätte ich doch gar nicht so reagiert."

Ein trauriges Lächeln erschien auf seinem Gesicht. "Du hast recht. Jetzt musst du nur noch lernen, mir zu vertrauen."

"Werde ich. Versprochen!" Dann kaute sie nervös auf ihrer Unterlippe. "Dante?"

Ray zog sie zum Sofa und, als sie sich hingesetzt hatten, sofort wieder in seine Arme.

"Sie mussten ihn operieren. Eine der Schrauben in seinem Knie saß wohl schon länger nicht mehr richtig, durch das Verdrehen ist sie zusammen mit einem Stück Knochen ausgebrochen und hat das Außenband leicht eingerissen. Es wird alles wieder in Ordnung kommen."

"Scheiße!" Lexy schlug sich eine Hand vor den Mund. Das war das letzte, was sie gewollt hatte. "Oh Gott! Das wollte ich nicht, ich …"

"Mach dir keine Sorgen. Dante ist dir nicht böse, er weiß, dass es keine Absicht war. Im Krankenhaus hat er angegeben, dass er auf der Treppe abgerutscht ist, also musst du dir keine Sorgen wegen rechtlicher Dinge machen."

"Und bei der Arbeit?", fragte sie ängstlich. Sie wollte ihren Job nicht verlieren!

"Wir haben versucht, es zu verheimlichen, aber Dario hat uns nicht geglaubt. Du wirst dich mit ihnen auseinandersetzen müssen, aber ich glaube nicht, dass es allzu schlimm wird. Er sah fast so aus, als hätte er Verständnis."

Vielleicht war es so … aber selbst wenn, suspendiert würde sie auf jeden Fall werden.

Sie nickte zaghaft und ließ ihre Gedanken schweifen. Wie hatte sie das alles nur so versauen können?

Ray schob einen Finger unter ihr Kinn und zwang sie, ihm in die Augen zu sehen. "Es wird alles gut, Lexy."

Sie lächelte. "Ja, jetzt wo du wieder bei mir bist."

"Ich werde immer da sein, wenn du mich lässt", gab er sanft zurück und küsste sie dann zärtlich.

Sie liebte seine Lippen, seinen Geschmack und den ihm ganz eigenen Geruch. Sie liebte es, seinen Körper an ihrem zu spüren und seine starken Arme um ihre Mitte zu fühlen.

Sie liebte ihn. Unwiderruflich, für immer.

Ray hob sie auf seine Arme und trug sie ins Schlafzimmer. Vorsichtig legte er sie aufs Bett und zog ihr dann behutsam ein Kleidungsstück nach dem anderen aus. Seine Augen folgten seinen Händen. Sein Blick sagte ihr mehr als eintausend Worte.

Er liebte sie von ganzem Herzen.

Nachdem er ihr den Slip ausgezogen hatte, entledigte er sich seiner eigenen Kleidung. Seine Erektion ragte steil auf, als er über sie glitt und sich zwischen ihren Beinen niederließ.

RAY

Sie sah atemberaubend aus. Jeder einzelne Zentimeter dieser Frau war perfekt.

Langsam beugte er sich zu ihr, küsste zärtlich ihre warmen, weichen Lippen.

"Ich liebe dich", flüsterte er nah an ihren Lippen.

Das sanfte Lächeln, das daraufhin auf ihrem Gesicht erschien, wärmte sein Herz.

"Ich würde dich niemals hintergehen oder betrügen, Lexy."

"Ich weiß. Es tut mir leid, Ray … ich kann mit meinen Gefühlen für dich noch nicht sehr gut umgehen." Diesmal wirkte ihr Lächeln eher gequält.

Er küsste sie erneut, intensiver diesmal, um ihr zu zeigen, wie sehr er sie liebte und begehrte.

"Ich liebe dich, Ray", flüsterte sie, als ihre Lippen sich voneinander lösten.

"Das ist alles, was ich brauche."

Wieder küsste er sie und Lexy griff zwischen ihre Körper, um seinen Schwanz zu ihrer Öffnung zu führen. Langsam schob er sein Becken nach vorne, drückte sich Stück für Stück tiefer in ihre heiße Enge und genoss Lexys Wimmern.

Ihre Hände streichelten über seinen Rücken, während er sich langsam in ihr bewegte. Er hielt ihren Blick mit seinem gefangen. Sie sollte sehen, wie sehr er sie liebte, sie anbetete.

Tränen traten in ihre Augen, doch das Lächeln auf ihren Lippen sagte ihm, dass sie ebenso erleichtert und voller Liebe war wie er.

Er küsste sie erneut, stieß schneller in sie und presste sich mit jeder Bewegung fest gegen sie. Lexys Arme und Beine umschlossen ihn, hielten ihn nah bei ihr.

Als ihr Innerstes zu zucken begann, zog es bereits in seinen Leisten. Er unterbrach den Kuss und legte seine Lippen nah an ihr Ohr.

"Komm für mich, Baby", keuchte er und schob eine Hand unter ihren Hinter, um noch tiefer in sie stoßen zu können.

Lexy stöhnte laut auf und gemeinsam kamen sie zum Höhepunkt.

Erst Minuten später hatten sich sein Atmen und seine zitternden Arme so weit beruhigt, dass er sich mit ihr zusammen auf die Seite drehten konnte.

Lexys Augen waren geschlossen und ihre Miene herrlich zufrieden.

"Ich werde dich nie wieder gehen lassen, Babe", murmelte er und küsste ihre Stirn.

"Ich will nirgendwo sein, wo du nicht auch bist", gab sie leise zurück.

Er zog die Decke über Lexy und sich selbst und schloss dann die Arme fester um sie.

Lexy schmiegte ihre Wange an seine Brust und schlief nur kurz darauf ein.

Er selbst streichelte noch eine Weile träge über ihren Rücken. Es fühlte sich verdammt gut an, zu wissen, dass diese perfekte Frau ihn liebte. Er würde alles dafür tun, dass das auch für immer so blieb.

11 EPILOG

LEXY

"Und?", fragte Ray, als Lexy von Darios Büro zurück in den Gemeinschaftsraum gekommen war.

Sie lächelte ihn breit an.

"Alles okay. Keine Suspendierung. Er sagte, dass es ein emotionaler Ausnahmezustand gewesen sei und man da schon mal zu einer Kurzschlusshandlung neigen würde."

"Hab ich dir doch gesagt." Ray klang selbstzufrieden wie so oft.

Lexy war sich aber ziemlich sicher, dass Dante ein gutes Wort für sie eingelegt hatte, sonst wäre das sicherlich schlechter für sie ausgegangen.

Ray zog sie in seine Arme und küsste sie, doch richtig konzentrieren konnte Lexy sich nicht auf den Kuss.

Ray unterbrach ihn und sah sie mit gerunzelter Stirn an. "Was ist los, Babe?"

"Wie geht es Dante?", fragte sie und biss sich vor Unbehagen auf die Unterlippe.

Mit dem Daumen zog Ray ihre Lippe zwischen ihren Zähnen hervor. "Hör auf damit, ich brauche sie unversehrt", sagte er lächelnd, dann wurde seine Miene ernster. "Es geht ihm soweit gut. Er ist frustriert, weil er jetzt wieder mit der Krankengymnastik anfangen muss … ich glaube aber, was ihn am meisten stört, ist die Tatsache, dass so eine Kleinigkeit ihn so weit zurückwerfen konnte."

"Es tut mir so leid … ich wollte das nicht." Sie fühlte sich schrecklich, weil es allein ihre Schuld war.

"Es ist nicht deine Schuld. Wäre er zum Arzt gegangen, als die Beschwerden anfingen, wäre das alles nicht passiert." Ray sah sie ernst an, als versuche er, ihr mit reiner Willenskraft seine Gedanken aufzuzwingen.

Vielleicht hätte Dante es selbst verhindern können, die Schuld nagte dennoch an ihr.

"Wie lange muss er noch im Krankenhaus bleiben?", fragte sie, um Ray abzulenken.

Seine Arme, die um ihre Mitte geschlungen waren, entspannten sich ein wenig.

"Drei bis vier Tage."

"Und dann?"

"Wird er noch ein wenig krankgeschrieben sein, ehe er zurück zur Arbeit kommt."

Lexy nickte und kaute dann wieder auf ihrer Unterlippe. "Ich weiß, du darfst nicht darüber sprechen … aber ist bei dem Auftrag wenigstens *etwas* herausgekommen, das uns auf die Spur der Auftraggeber der Anschläge bringt?"

Ray zögerte. "Ich kann es nicht mit Sicherheit sagen, aber ich glaube, Mr. Moreno hat den Mann auf dem Video, das wir von der Überwachungskamera bekommen haben, erkannt."

Lexy lächelte. Endlich einen Hinweis auf den Mann, der die gesamte Abteilung so in Aufruhr hielt. Die ständige Anspannung unter ihren Arbeitskollegen und dem Führungsteam ging allen langsam an die Substanz.

"Ich hoffe, das findet endlich ein Ende."

Auch Ray lächelte. "Ja. Es wird Zeit. Es ist nicht offiziell, aber ich habe gehört, Levin wird auf einen Undercover-Einsatz gehen."

Sie beneidete ihren ruhigen Kollegen ein klein wenig. Solche Aufträge waren weit spannender als Bereitschaftsdienste und Babysitting-Jobs.

"Und was machen wir jetzt?"

"Was immer du willst, Babe", er lächelte sie breit an. Sex wäre definitiv eine Alternative, aber der Gedanke an Dante, wie er allein im Krankenhaus lag, ließ sie einfach nicht los.

"Sollen wir Dante besuchen?"

Rays Lächeln wurde weich. "Ich gehe mit dir, wohin auch immer du willst, Babe."

Sie stellte sich auf die Zehenspitzen und küsste ihn federleicht auf die Lippen.

"Überall hin?"

"Mit dir bis ans Ende der Welt."

--ENDE--

Kostenlose Bonuskapitel zu euren Lieblingen bekommt ihr im monatlichen Newsletter auf www.allie-kinsley.de!

LESEPROBE
FIRE&ICE 3 – SHANE CARTER

PROLOG

SHANE

Das Mittelalterfestival in Talin war wie jedes Jahr der Hammer! Er hatte leider einen Tag länger arbeiten müssen, sodass ihm der erste Tag fehlte. Dafür entwickelte sich dieses Jahr zu einem der besten!

Zwar war mit seinem besten Freund und Jagdpartner Ryan Black in diesem Jahr wenig anzufangen, dafür kam ihm die Auswahl an hübschen, willigen Mädels noch größer vor.

"Wir müssen zu unserem Auftritt, Bro!", sagte er zu

Ryan, der irgendwie abwesend in die Menge starrte.

"Alles klar, lass uns aber so herum laufen!", antwortete er und seine Stimme klang, als wäre er mit seinen Gedanken bei ziemlich gutem Sex.

"Ahh ... wie war nochmal ihr Name?", fragte Shane, als er die kleine kurvige Blondine erspähte, der Ryan immerzu nach rannte.

"Sky", sagte Ryan, als wäre es ein Gebet.

Trottel! Da laufen ihm so viele Weiber nach und er hechelt der einzigen hinterher, die ihn nicht haben möchte!

"Die ist der Hammer! Ich will sie endlich! Verdammt!", fluchte Ryan und steuerte direkt auf sie zu.

Wow, Baby, wer bist du, zum Teufel?

"Mein Gott, sieh sie dir nur an ... oder lieber nicht, sonst kommst du noch auf blöde Ideen", grummelte Ryan neben ihm.

Oh, ich sehe sie, Kumpel. Meine Güte, wer hat diese Göttin hierher gebracht?

Sie blieben stehen und Ryans Objekt der Begierde stolperte geradewegs in ihn hinein.

Warum konnte die Traumfrau neben ihr nicht das Gleiche bei ihm machen?

Heieieiei, die ist ja Sex auf zwei Beinen!

"Es freut mich wirklich, dass dir gefällt, was du siehst, Sky, und ich stehe jederzeit gerne für eingehende Musterung zur Verfügung. Leider muss ich aber in zwei Minuten auf der Bühne sein, sodass wir unser Vorhaben auf später verschieben müssen", sagte Ryan, aber Shane würde den Auftritt sofort sausen lassen, wenn auch nur die geringste Chance bestünde, dass diese Traumfrau seinen Körper genauer untersuchen wollte.

Er lächelte sein schönstes Lächeln, während er sie eingehend musterte. Ein Lächeln, von dem er ganz genau wusste, wie es auf Frauen wirkte. Egal wie alt sie waren, sie verfielen reihenweise seinem Charme.

Shane benötigte all seine Willenskraft, um einfach weiter zur Bühne zu gehen, anstatt diese herrliche Frau in sein Zelt zu zerren.

Auch Ryan sah ziemlich mitgenommen aus.

"Brauchst du eine kalte Dusche, ne schnelle Nummer oder hast du auch so noch genügend Blut für dein Gehirn zur Verfügung, um unsere Show durchzuziehen?", feixte Shane, musste aber selber seine Hose zurechtrücken, um genügend Platz für seine Erektion zu schaffen.

Fuck, wie gerne würde er sich jetzt tief in der Göttin vergraben!

STOPP! Ende Kopfkino! Anfang Auftritt!, ermahnte er sich selbst.

"Hast du das Wahnsinns-Mädel neben der zukünftigen Mrs. Black gar nicht gesehen? Mann, die hat mich quasi mit Blicken ausgezogen!", antwortete Shane auf Ryans demonstrativen Blick auf Shanes Latte.

"Maya", sagte Ryan.

"Ich dachte, sie heißt Sky", antwortete Shane und runzelte verwirrt die Stirn.

"Nein, ja, ach, sie heißt Sky und Maya war die Frau neben ihr. Und ja, wir können die Show starten, ich bin bereit."

Maya ... schöner Name. Sex mit Maya ... mhm ... schöner Wortlaut!

"Sehe ich", grinste Shane und war selber mehr als bereit, die kleine Maya zu besteigen.

Shane gab dem Rest der Gruppe das Zeichen zum Start.

"Hey Bro', wo gehst du hin?", fragte er Ryan, der nach seinem Auftritt ziemlich schnell verschwinden wollte.

"Sky suchen", antwortete dieser knapp.

Ja, Shane war durchaus klar, dass es Ryan überhaupt nicht passte, dass er sich bei seinem Beutezug einfach einklinkte.

Aber mal ehrlich, wer könnte bei so einer Wahnsinnsfrau wie Maya widerstehen?

Allein bei dem Gedanken daran, dieses Prachtexemplar in sein Bett zu locken, richtete sich sein bestes Stück auf. Könnte er auch nur annähernd Ersatz für diese Frau finden, würde er es vielleicht sogar tun.

Ryan zuliebe.

Ja, Ryan zuliebe würde er sich für ein paar Tage ablenken lassen. Wenn Ryan seine Beute erst einmal geschlagen hatte, würde er auch keinen Schaden mehr anrichten, wenn er in deren Umfeld wilderte.

Irgendwie hatte er Ryan aus den Augen verloren oder sein Freund hatte ihn absichtlich abgehängt.

Wahrscheinlich als ich den Zwillingen nachgesehen habe ...

Es blieb ihm nichts anderes übrig, als sich auf die Suche nach ihm zu machen.

"Herzdame gefunden?", grinste er Ryan entgegen, als er ihn auf sich zukommen sah.

Wie Ryan so verrückt nach dieser Frau sein konnte, war ihm einfach ein Rätsel.

"Ja, aber sie wurde verschleppt", brummte Ryan zurück.

Shane hob fragend eine Augenbraue und Ryan erläuterte weiter: "Sie bekam Besuch von irgend so einem blonden Schönling, der sie suchte und dann zurück zu ihrem Tisch brachte."

"Du weißt, wo sie sitzen? Maya?"

Ohhh yeah! Maya!!

Er konnte es kaum erwarten, diese Traumfrau wiederzusehen!

Maya, kleine Maya, was raschelt im Stroh ... sang er innerlich fröhlich vor sich hin und malte sich bereits aus, wie er sie in einem der weichen Strohbetten in ihrem Lager verführte.

"Ja, weiß ich, Alter! Schräg gegenüber, in diese Richtung und dann vor dem großen Apfelbaum rechts, vierter oder fünfter Tisch, kann mich nicht genau erinnern", antwortete Ryan mit einem grenzdebilen Grinsen.

Mayaaaa ... ich komme!, grinste er dreckig in sich hinein.

Er fand den Tisch ohne Probleme. Zwar konnte er Maya nicht auf den ersten Blick ausmachen, aber Sky sah er dafür sofort.

Diese reichte ihm auch vollkommen, um sich an den Tisch zu setzen.

"Hallo, Sky, richtig? Ich bin Shane, Ryans Freund aus Amerika", sagte er und grinste sein bestes Schlitzohrgrinsen.

Am Tisch war nur noch ein Stuhl frei. Auf diesen ließ er sich dann auch prompt fallen.

Skys Gruppenmitglieder waren recht ruhig geworden und versuchten wohl zu ergründen, was er hier wollte.

Shane war es egal. Er war es gewöhnt, angestarrt zu werden. Die Blicke der Frauen waren wie so oft lüstern. Er gefiel ihnen, das war ihm durchaus klar. Shane genoss es, gut beim weiblichen Geschlecht anzukommen. So hatte er stets die Qual der Wahl.

Auch dass die Männer der Gruppe es nicht allzu gut fanden, wenn jemand wie er sich zu ihnen und ihren Frauen gesellte, leuchtete Shane durchaus ein. Helfen konnte er ihnen nicht. Er hatte schließlich ein Ziel, das er verfolgen wollte.

Schnell verschaffte er sich einen Überblick über die Gruppe. ... Maya fehlte, leider!

"Hi Shane, wie geht's? Was treibt dich zu uns?", sagte Sky und klang etwas angespannt.

Shane zuckte die Schultern. Er wollte nicht gleich mit der Tür ins Haus fallen.

"Ich sah dich und dachte, ich komm mal vorbei und sag dir und Maya hallo, aber ich sehe, sie ist gar nicht da? Aber dafür andere nette Gesellschaft", sagte er grinsend.

Die Blondine zu seiner Rechten war ziemlich heiß und absolutes Beuteschema. Der Mann zu seiner Linken sah ihn auch ziemlich eindeutig an.

Shane war sehr offen mit seiner Sexualität. Er probierte alles aus und hatte auch schon so ziemlich alles durch.

Nachdem er den Mann dreist und unmissverständlich angegrinst hatte, schien der für einige Augenblicke wie gelähmt. Er erholte sich aber schnell und grinste nicht minder eindeutig zurück.

Er streckte Shane die Hand entgegen und sagte: "Hi,

ich bin Jonas. Ich bin für zwei Tage zu Besuch hier und eventuell nächste Woche noch einmal."

Shane gab ihm die Hand und wandte sich dann wieder an die schlanke Blondine zu seiner Rechten.

"Und du, Honey?"

"Zoey. Ich bin die ganze Zeit da, wie steht's mit dir, Schätzchen?"

Zoey grinste, als hätte sie gerade den Jackpot geknackt.

Kannst du haben, Baby!

Mhm ... ein Dreier mit diesen beiden Leckerbissen könnte beinahe einen Abend mit Maya überbrücken. ... nicht allzu lange zwar, aber mehr Zeit kann ich für Ryan leider nicht aus den Knochen leiern. Dafür ist my little Maya einfach zu heiß! Verdammt heiß!

Stopp! Kopfkino ... grrr. Konzentrier dich auf Blondie, Shane, sonst wird das mit dem Dreier nichts!

"Ebenso", antwortete Shane also und versuchte zumindest so auszusehen, als würde er an Blondie denken und nicht innerlich Maya anbeten.

Oh, die kleine Göttin würde bald in seinem Bett liegen. Vielleicht sollte er Ryan vorwarnen, dass er bei Sky Gas geben musste ...

Dann legte er die Arme auf die Rücklehnen der Beiden. Sie sahen sich kurz an, versuchten wohl, den anderen abzuschätzen und Shane hoffte, dass beide auf sein Angebot einstiegen. Einer allein konnte ihn bestimmt nicht von seiner Maya ablenken.

Jonas zuckte mit den Achseln und grinste Zoey und Shane an.

Auch für Zoey schien diese Dreier-Kombi in Ordnung zu sein, denn sie fragte im nächsten Moment, ob Jonas und Shane später mit ihr auf den Berg gehen würden, um die Mitternachtsfeuershow anzusehen.

Ja, ja, von wegen! Durchtriebenes Luder!, grinste Shane in sich hinein.

Die Gespräche aller drehten sich eine Zeit lang um das nächtliche Spektakel und einer von Skys Gruppe machte sich daran, die nächste Runde für den Tisch zu besorgen. Shane drückte ihm kurzerhand ein paar Scheine in die Hand, um allen für die Gastfreundschaft die Getränke zu spendieren.

"Shane, da bist du, ich hab dich schon überall gesucht", hörte Shane die Stimme seines besten Freundes.

Im nächsten Moment wurde der Stuhl neben Sky hervorgezogen und Ryan ließ sich darauf fallen.

Shane brauchte nur ungefähr fünf Sekunden, um zu verstehen, dass Ryan ihn hinterrücks und ohne zu fragen für seinen eigenen Plan eingespannt hatte!

Gerissener Mistkerl!, dachte er und begann, träge zu lächeln.

"Hi Sky, so sieht man sich wieder", grüßte Ryan und nickte in Jonas Richtung.

Der gab frech zurück: "Hätte ich vorher von deinem Freund Shane gewusst, hätte ich Sky zu dir an den Tisch getragen, anstatt hierhin zurück."

Sie unterhielten sich eine Zeitlang, ehe Shane die Stimme seiner Traumfrau hörte.

"Bin gerade zurück und hab die Vorstellungsrunde wohl leider verpasst."

Maya zog eine Augenbraue hoch, als sie Jonas, ihn und

Zoey sah, die deutlich enger zusammengerückt waren als noch vor wenigen Minuten.

"Setz dich auf meinen Schoß, Honey, hier ist noch Platz für dich", sagte Shane auf ihren Blick hin.

Er erkannte, dass er seine Entscheidung zugunsten seines besten Freundes bereits bereute. Auch Zoey und Jonas zusammen würden ihn nicht von seiner Maya ablenken können.

Die Art wie sie spöttisch schnaubte und sich mit einem ‚Nein, Danke!' an Sky wandte, sagte ihm aber, dass dieser Zug bereits abgefahren war.

SHIT!

Nun gut, dann würde er ihr eben einen Tag geben, um sich abzuregen und dann erneut angreifen.

Eine Nacht mit den zwei Exemplaren in seinen Armen musste er sich doch deshalb noch lange nicht entgehen lassen.

Morgen würde Maya schon einsehen, dass niemand Anspruch auf Exklusivrechte bei einem Prachtexemplar wie ihm hatte.

Ja, und morgen würde er sich seine Traumfrau schnappen.

1 NEUE ZIELE, ALTE FREUNDE

Sechs Monate später ...

MAYA

Sky war nun seit über einem halben Jahr in den USA. Es war nicht leicht für Maya, ohne ihre beste Freundin auszukommen. Natürlich hatte sie noch andere Freunde und auch ihre Familie in Deutschland, aber Sky war ihr Fixpunkt.

Selbst in der Zeit, in der Sky in der Beziehung zu ihrem kontrollsüchtigen und tyrannischen Exfreund gefangen gewesen war, hatten die Freundinnen mehrfach täglich telefoniert und Maya hatte Sky, sooft wie es ihnen beiden möglich war, besucht. Diese Zeit hatte sie sogar noch fester zusammengeschweißt, da Skys ständiger Begleiter Fabio von ihrem Ex in keinster Weise geduldet worden war. Sky hatte Maya zusätzlich als Fabio-Ersatz benötigt, da diese Situation ihr stark zugesetzt hatte.

Um vor dem Tyrannen zu flüchten und sich ein neues Leben aufzubauen, war Sky nach Amerika ausgewandert und lebte nun dort mit ihrem neuen Lebensgefährten Ryan.

Auch wenn Maya es laut niemals zugeben würde, sie war ein bisschen neidisch auf ihre beste Freundin.

Natürlich hatte Sky es mehr als verdient, endlich mit ihrer großen Liebe zusammen zu sein. Das stand völlig außer Frage.

Maya hatte Ryan ja selbst das ein oder andere Mal unter die Arme gegriffen, um es ihm bei ihrer verschlossenen Freundin leichter zu machen.

Nur suchte Maya schon seit so langer Zeit einen Partner, mit dem sie eine Familie gründen konnte. Zwar kam sie beim starken Geschlecht gut an, das wusste sie auch, aber es handelte sich immer nur um oberflächliches Interesse an ihrem Äußeren.

Ja, sie war schön. Südländischer Typ. Dunkle Haut, dunkelbraune, lange Locken, die ihr fast bis zum Po reichten. Kurven an den richtigen Stellen hatte sie ebenfalls.

Sie war nicht zu groß und nicht zu klein und hatte zudem ein wunderschönes Gesicht.

Ausdrucksvolle, dunkelbraune Katzenaugen. Eine kleine Nase und Lippen wie sie wohl in den meisten feuchten Träumen des männlichen Geschlechts vorkommen würden.

Und genauso wurde sie häufig auch behandelt. Wie ein Abenteuer, wo sie doch eigentlich nur die brave

Familienmama sein wollte.

Ihre Mutter sagte immer, dass es für jeden Topf einen Deckel gäbe. Maya war sich da nicht so sicher.

Sie war mittlerweile 26 Jahre alt und hatte noch keinen Mann getroffen, mit dem es länger als sechs Monate geklappt hätte.

Ihre Mutter hatte in diesem Alter schon vier Kinder und einen liebevollen Ehemann gehabt.

Maya wünschte sich nichts mehr, als das gleiche Glück wie ihre Eltern zu finden. Die beiden hatten sich bereits im Alter von 15 Jahren kennengelernt und waren immer noch glücklich verliebt.

Sie und ihre sechs Geschwister waren in einem liebevollen und turbulenten Haushalt groß geworden.

Sie hatte Angst, dass, wenn sie ihren Mann fürs Leben nicht bald finden würde, ihr Traum von einer eigenen Großfamilie nicht in Erfüllung gehen würde. Dass sie zu alt war, um ebenso wie ihre Mutter und ihre Granny sechs Kinder groß zu ziehen.

Deshalb hatte sie auch aufgehört, ihre Zeit mit Männern zu verschwenden, von denen sie sich sicher war, dass sie nicht für ihren Familienplan taugen würden.

Männer wie Shane ... der verflixte Mistkerl! Könnte ich ihn nur endlich aus meinem Kopf kriegen!

Die Kindertagesstätte, in der sie bislang gearbeitet hatte, wurde vier Wochen zuvor geschlossen.

Hätte sie schon ihren Traummann, könnte sie sich jetzt, da sie keinen Job mehr hatte, intensiv ihrer Familienplanung widmen.

Ihr Job als Erzieherin war ihr immer wichtig gewesen

und war eindeutig ihr Traumjob. Trotzdem hatte sie immer geplant, ihre Arbeit mit ihrem ersten eigenen Kind aufzugeben und sich voll und ganz ihrer Familie zu widmen.

Nun ja, leider läuft im Leben nicht immer alles wie geplant und so stand sie jetzt ohne Mann und ohne Familie da.

Als sie Sky von ihrer neuen Situation erzählte, hatte diese darauf bestanden, dass Maya sie besuchen kam.

Nach einigem Hin und Her konnte sich Maya dazu durchringen, zu ihr zu fliegen. Der Flug war teuer, aber wann sollte sie jemals wieder die Gelegenheit haben, bis auf den Flug nahezu unbegrenzten kostenlosen Urlaub in Amerika zu machen.

Ganz davon abgesehen, freute sie sich wahnsinnig, ihre Freundin endlich wiederzusehen.

Ende der Leseprobe
Lesen Sie weiter in Fire&Ice 3 - Shane Charter

Für N.

Egal ob wir verrückte Pläne schmieden oder einfach nichts tun. Es passt einfach.

Danke, dass du dich damals gemeldet hast.

Rechtliches, oder was keiner lesen will und trotzdem drin stehen muss ...

Es handelt sich bei dem Buch um ein fiktives Werk. Ähnlichkeiten mit lebenden oder verstorbenen Personen, Orten oder Ereignissen sind rein zufällig. Markennamen, die genannt werden, sind Eigentum ihrer rechtmäßigen Eigentümer. Impressum: Herausgeberin Allie Kinsley, allie.kinsley@web.de. Ladungsfähige Adresse für Deutschland: Allie Kinsley, c/o Marant Business, Studio Delta, Haus B, Angerstr. 40-42, 04177 Leipzig.

7308969R00084

Printed in Germany
by Amazon Distribution
GmbH, Leipzig